郑永晓说中国散文史

郑永晓 著

黄山书社

图书在版编目(CIP)数据

郑永晓说中国散文史/郑永晓著.—合肥：黄山书社，2021.12

ISBN 978-7-5737-0094-0

Ⅰ.①郑… Ⅱ.①郑… Ⅲ.①散文-文学史-中国 Ⅳ.①I207.6

中国版本图书馆 CIP 数据核字(2022)第 004333 号

郑 永 晓 说 中 国 散 文 史
ZHENGYONGXIAO SHUO ZHONGGUO SANWENSHI

郑永晓 著

出 品 人　贾兴权
责任编辑　高　杨
责任印制　李　磊
装帧设计　有品堂_刘　俊　张俊香
出版发行　黄山书社(http://www.hspress.cn)
地址邮编　安徽省合肥市蜀山区翡翠路 1118 号出版传媒广场 7 层 230071
印　　刷　安徽联众印刷有限公司
版　　次　2022 年 5 月第 1 版
印　　次　2022 年 5 月第 1 次印刷
开　　本　700 mm×1000 mm　1/16
字　　数　120 千字
印　　张　9.75
书　　号　ISBN 978-7-5737-0094-0
定　　价　35.00 元

服务热线　0551-63533706

销售热线　0551-63533761

官方直营书店(https://hsss.tmall.com)

联系电话　0551-65661327

目　录

引　言

我们中华民族有着极为悠久的文字记载历史，有丰富浩瀚的典籍宝藏和源远流长的文学传统，有极为发达的诗歌和散文创作。在传统的文学观念中，散文是与诗歌并列为文学正宗的重要文体。数千年来，我国散文的发展，犹如滚滚江河，万古长流。其中，影响深远的先秦散文、古朴典雅的秦汉散文、辞藻华美的三国两晋南北朝文、以复古为创新的唐宋散文、流派众多的明清散文和深受西方近代文艺理论影响的现代散文，犹如这条源远流长的散文长河上的一颗颗璀璨的明珠，辉煌灿烂，异彩纷呈，构成中华五千年文明史上不可或缺的重要组成部分，为现代文明的发展提供了宝贵的精神财富。

然而，界定“散文”这个概念却绝非易事。随着时代的变迁，散文在文学史上曾有过几种不同的概念，学术界的专家们对此争论颇多。一方面，中国文学史上很长一段时期内没有现代意义上的纯文学散文，文人们著书、作文大都是为了记述历史、阐述政见或出于其他功利性目的。同时，我国又是一个非常讲究文采的国度，即使是章表书奏、颂赞祝盟等各类应用文字，也被写得情韵盎然、文采飞扬，充盈着浓郁的文学色彩。《中国大百科全书·中国文学》卷曾提出这样几种概念：①“散文”相对于

"韵文"讲，是广义的，泛指一切无韵的文字。②"散文"相对于"骈文"讲，也是广义的，指那些单行散句，不拘对偶、声律的语文体，即唐宋以后所称的"古文"。③现代的"散文"概念则与诗歌、小说、戏剧同为文学体裁之一，包括记叙散文、抒情散文、报告文学、杂文等样式。为了区别于古代的"散文"概念，也称文学散文。④单指记叙、抒情散文，又称"纯文学散文。"

《中国大百科全书·中国文学》卷认为概括中国散文的发展线索，以采用广义的散文为宜，同时又应把握住文学性这一基本特征。汉语文章本是奇偶相生，骈散相杂的。在某一个时期，文章发展为骈体，为四六文；物极必反，在另一个时期，"古文"又必然占优势。这可以说是汉语文章的突出特点。这样看来，两者都可以归属为散文范畴。所以笔者认为写散文史，不能一概排斥有韵或骈偶之文。韵文中除诗歌外，像某些赋、颂、铭、赞等都应该列于其阐述范围之内。基于这种考虑，陶渊明的一些韵文、苏轼的《赤壁赋》等在本书中都作了相应的介绍。

另外，散文与诗歌、小说、戏剧同为文学体裁之一，其概念是从西方引进的。在西方文学中，尽管也包括一些散文作品，但它们在文学史上只占极小的位置，无力与诗歌、小说、戏剧抗衡。而我们中国则不然，我国散文数量之大，种类之多，影响之广，是西方的散文根本无法望其项背的。再就散文的文学性而言，中国古代散文从一开始就和纯文学不一样，具有很强的学术性和实用性。

这种特色在散文发展的历史中得到了最集中的体现。在古代散文中，很大一部分作品是为了政治生活的需要或日常生活人际交往的需要而写作的。依现代文学观念而言，它们大多属于非文学性质，然而在古代，这些文章不仅属于文学，而且居于文学正统的重要地位。应用文章如章表书奏、颂赞祝盟等讲究文采，成为具有应用价值的美文，并被视为正宗的文学作品，正是中国古代文学的重要特色之一。只是历史发展到20世纪初，尤其是五四运动以后，受了西学东渐的影响，现代意义上的散文观念逐步流行开来，散文才开始作为与诗歌、小说、戏剧并列的四大文学体裁之一。

有鉴于此，这本小册子在选择阐释内容时并不严格以文学理论中的散文概念为标准，而是从中国散文发展的实际出发，对甲骨卜辞、诸子论说、历代史传、书信、序、跋、祭文、辞赋、家训、地理著作、寓言等各类文体中的名篇佳作，均根据其在文学史上的地位予以适当的介绍。至于现代散文，则按照当代通行的散文概念，尽可能反映其发展嬗变之迹。目的在于使具有中等文化程度的读者能够借此了解中国历代散文发展的基本概况，引导读者在尽可能阅读散文作品的基础上，提高自己的鉴赏水平和文化修养。

本书分六章。介绍了中国散文从萌芽阶段殷商甲骨文开始至1949年新中国成立以前散文的发展概貌。作为一本普及型读物，力求深入浅出，同时又注意吸收近年来学术界的最新科研成果，保持一定的学术水准，使读者不仅能够了解散文史上一些名篇名作的特色，更可以进而探讨散文发展的规律，具有一定的可读性。因篇幅所限，对散文史上的大家，侧重于介绍其在散文史上的成就和地位，对二三流作家或仅有一篇名作传世者，则尽可能利用有限的篇幅对其文章的精彩之处作出介绍。妥当与否，请广大读者不吝批评指正。

第一章　浑金璞玉：中国散文的奠基时期

一、中国散文的萌芽

中国散文的形成，从文字产生到片言只字，从成章成段再到中心明确、结构严谨、词采华美的辞章，经历了一个极为漫长的发展过程。

1. 文化奇观甲骨文

殷商时期，崇尚神权，统治者借助神权加强对奴隶和臣民的控制。因此，当时的文化作为神权统治的工具，理所当然地为统治者帮凶——巫祝所垄断，并进而产生了作为巫祝记录的甲骨文。所谓甲骨文，就是巫祝们刻在龟甲或兽骨上的文字。这些甲骨，出自河南安阳西北五里的小屯村。曾被当地农民称做“龙骨”，作为药材出售。清末在北京为官的王懿荣用药前审视药物时，偶然发现了这种刻在“龙骨”上的文字。甲骨文的内容包括占卜的时间及祭祀、天时、收成、田猎、征战、国王起居、疾病等，极小部分记录狩猎和战争史实及有关龟甲修整、收藏等情况的非卜辞，其目的只是以备日后查验，加上刻写困难等原因，一般力求简单概括。现在能够见到的甲骨文多为零散断句，能够较为完整地表达意思的已属上乘，略具篇章规模的更是极为少见。所以，甲骨文只能视为记事散文的萌芽。

2. 渊源久远的铜器铭文

大约与殷代甲骨文出现时间相同，商朝还有铜器铭文。铭文是铸刻在青铜器上的文字，也称金文。殷商时期的铜器铭文十分简单，多用于记述做器者的姓名、所纪念的先人庙号等，字数在一至五六个。商朝后期出现了较长的铭文，内容多为因接受赏赐而作纪念祖先的祭器以示荣宠的记录，字数在50字以内。发展到西周时期，铭文达到全盛。表现在形式上，篇幅加长，两三百字的铭文并不鲜见。西周晚期的毛公鼎所刻字数高达499字，并且喜欢用韵，句式整齐，文学气息较为浓厚。铭文表达的内容日趋丰富，除记载周天子的任命、赏赐及表功记德外，还有记述诉讼、土地交易、勘定田界等特殊内容的铭文。当然，铭文受篇幅限制，内容较为单一，并且夹杂许多颂扬帝王功德、祈求神灵保佑的套语，即使是叙事性铭文也大多直陈其事，极少修饰语言。因此，商周铭文的文学价值不是很高。

3. 神秘莫测的《周易》

与殷商人的占卜略有差异，周人卜与筮并用。主要使用蓍筮，即使用蓍草推测福祸吉凶，把占筮过的事和结果记录下来，以便年终时复查验证。这些记录，就称做筮辞。占卜者把收集到的旧筮辞放在一起，以备占卜时作为参考，这便有了时下十分风行的《周易》。《周易》分“经”、“传”两个部分。《易经》大约产生于西周初年，共有64卦，每卦有卦象、卦名、卦辞；每卦又分六爻，共384爻辞。这些卦辞爻辞，虽大多为三言两语，却有近三分之一用韵，并且运用比喻、起兴、衬托等艺术手法，描写细致、生动、形象；部分近似民歌或成语，部分则为故事或传说的片段，包含着十分深刻的人生哲理，在一定程度上体现了西周时期的写作水平。当然，作为一部占筮之书，所记内容难免驳杂零乱，衔接成章者并不多见。只能说还处于散文的形成阶段。

4. 佶屈聱牙的《尚书》

真正标志中国散文正式形成的应该是《尚书》。《尚书》意即上古之书，是中国历史上第一部记叙文和论说文的总集，也是上古历史文献和部分追述古代事迹著作的汇编。据说原有100篇，秦朝末年散失殆尽。汉文帝时，广泛搜罗天下典籍，山东济南一个叫伏生的人保存29篇，是用汉时隶书抄写，因名《今文尚书》。汉景帝末年，鲁恭王从孔子旧宅的墙壁中发现另一部《尚书》，比伏生所存多16篇，是用先秦篆文书写的，因名《古文尚书》。到东晋初年，原来的《今文尚书》《古文尚书》俱有散失，于是又有梅颐献出另一种版本《古文尚书》，共有58篇，一直流传至今。经后人考证，梅氏所献为拼凑而成的伪作，所以这个版本的《尚书》又被称为《伪古文尚书》。

由于《尚书》产生的时代极为久远，古今语言差异很大，加上流传过程中文字多有讹误。到唐代韩愈时，就发生了“佶屈聱牙”的感叹。古往今来，《尚书》的注解可谓汗牛充栋，因为师承不一，难免众说纷纭。往往同一篇章，同一句话，甚至同一个字，在不同注家的解释下，都会歧义丛生，令人莫衷一是，给这部渊源久远的典籍，涂上了一层迷蒙的色彩。但尽管如此，《尚书》在中国文学史、散文史上仍具有不可磨灭的地位。殷商君主盘庚迁都时对臣民的三次训话《盘庚》三篇，语言感情充沛，比喻形象生动，不难看出盘庚的胸怀、胆识和神态，代表了早期论说文的较高水平。而《顾命》篇记叙周成王之死和周康王即位的经过，先记周成王临终前对各位心腹大臣的殷切嘱托，再记康王即位仪式举行的经过，最后是召公和各路诸侯对康王的告诫及康王的答词，详细具体而富有层次感，堪称早期记叙文的名篇佳作。与以前的甲骨文、铭文和卜筮文字相比，其在表达水平方面的进步是显而易见的。

二、百家争鸣与春秋战国时代诸子散文的勃兴

从周平王迁都洛邑，也即东周初年至韩、赵、魏三家分晋（前770—前476），史学界称为春秋时代。而从周元王元年至秦始皇统一中国（前475—前221），则即所谓战国时代。春秋战国时代是中国思想文化史上值得大书特书的时代。作为文化载体之一的散文创作也取得了飞速发展。大约从春秋末年开始，中央集权统治日渐松弛，王室削弱，诸侯壮大，社会性质由奴隶制向封建制演变。政治、经济、意识形态都酝酿着天翻地覆的变化。其间“士”阶层（即知识分子阶层）的产生和发展壮大尤为引人注目。他们开始聚徒讲学，著书立说。这些代表不同阶级、阶层利益的思想活跃分子，针对当时社会的巨大变革展开论辩，见仁见智，议论纷纭。一时诸子蜂起，产生了儒、道、墨、名、阴阳、纵横、农、兵等各家，形成了中国历史上极为罕见的“百家争

鸣”局面。

当时这些思想学术界的巨擘，为了宣传自己的主张，无不著书立说，以扩大影响，就连主张一切虚无的庄子，也写出十分漂亮的文章来兜售自己清静无为的学说。在各家著述中，最著名的有儒家的《论语》、《孟子》、《荀子》，道家的《老子》、《庄子》，墨家的《墨子》，法家的《商君书》、《韩非子》，兵家的《孙子兵法》等。它们虽然大多属于政论文或军事论文，却也是文学艺苑中的奇葩异蕾，散发着令后人取之不尽的芳香。

1. 言简意赅的《论语》和论证周密的《孙子兵法》

春秋战国之交出现的《论语》和《孙子兵法》，标志着中国散文在内容和风格方面的一个重大变化：由占卜语录变为师生谈话录；由国王号令变为私人著述。《论语》一般以为是孔子的弟子和后学辑录孔子的言行片段而成的典籍。孔子（前551—前479），名丘，字仲尼，鲁国陬邑（今山东曲阜）人。鲁定公时曾任中都宰、司寇等职。因不满意鲁国执政季桓子所为，而去周游卫、宋、陈、蔡、楚列国，都不为时君所用，无奈又返归鲁国，并将其主要精力用于教育和整理古代文献。他是我国历史上第一位开设私立学校的教育家，著名的弟子有七十余人。他的言论，当时弟子各有记载，至战国初期，才逐渐汇集成书。作为一部儒家经典，《论语》在文学上也极有特点，它的行文质朴简练，自然无华。如开篇第一句“学而时习之，不亦说乎”（《学而》），斥责学生宰予是“朽木不可雕也，粪土之墙，不可杇也”（《公冶长》）等，都是现实生活的自然结晶，简洁明了，毫无雕琢造作之感。作为一部语录体著作，其中并无详尽具体的人物描写，但从孔子与他人的一些对话中，却极生动地凸显出孔子及其某些弟子的形象。如《述而》篇记述孔子对子路说：“暴虎冯河，死而无悔者，吾不与也。必也临事而惧，好谋而成者也。”意为赤手空拳和老虎搏斗，不用船只去渡河，这样死了都不后悔的人，我是不和他共事的。我所找他共事的，一定是面临任务便恐惧谨慎，善于谋略而能完成的人。可以看出孔子沉思善谋略的性格。又如《子罕》篇载：“子在川上曰：逝者如斯夫，不舍昼夜。”意为孔子在河边感叹，消逝的时光像河水一样呀！日夜不停地流去！显示了他一代哲人的气度和对人生的深刻感叹。而《阳货》篇中，记述佛肸造反欲召孔子，孔子对子路说：“吾岂匏瓜也哉！焉能系而不食?”意为我难道是匏瓜吗?哪里能够只是悬挂着而不给人食呢?表现了孔子风趣幽默的一面。同时，《论语》是一部颇具哲理的著作，不少短语尽管质朴简明，却闪烁着智慧的光芒。如“有朋自远方来，不亦乐乎”，“学而不厌，诲人不倦”，“三人行，必有我师焉”，“岁寒，然后知松柏之后凋也”，“是可忍，孰不可忍”等，可谓妙语连珠，耐人寻味，成为后世常用之语，影响极为深远。

春秋末期齐人孙武，曾被吴王阖闾用为将领，西破强楚，北威齐晋。他流传下来的《孙子兵法》，系统总结了当时的战争经验，揭示了军事学的某些基本规律，提出了“知彼知己百战不殆”等在中国古代和世界范围内产生广泛影响的军事原则。全书结构严谨，论证周密，各篇中心明确，文句流畅，善于运用生动具体的比喻以增强文章的形象性。仅就其文学价值而言，也是论说文的上乘之作。

2. 质朴无华的《墨子》

在孔子之后孟子之前，政治、学术舞台上还有一位十分活跃的社会活动家墨翟，他是墨家学派的创始人。《墨子》一书的大部分篇章即是他的弟子或再传弟子记述他言行的辑录，体现了墨翟的基本主张。墨家学说的基点在于“兴天下之利”，表现出强烈的功利主义色彩。他们的文化观以“非攻”（反对战争）、“非儒”（反对儒家的繁礼厚葬）和“非乐”（反对文艺和审美活动）为核心。在文章写作方面，他们也反对讲究辞藻文采。所以《墨子》各篇，大都具有质朴无华的特点。不过墨家为了宣扬自己的学说，也不得不在文章写作上花费一些功夫，并提出了运用论证来证明论点的所谓“三表法”，即“上本之于古者圣王之事”，“下原察百姓耳目之实”，“废（发）以为刑政，观其中国家百姓人民之利”。这说明作者已能自觉运用某些逻辑理论进行论证。还常用设问、设难之法，以求论述得以层层深入；善用比喻，以增加文章的可读性。记事散文《公输》篇，描述了墨子阻止楚国进攻宋国的事迹，情节完整，曲折生动。其中楚王骄横愚蠢，公输般狡猾诡诈，墨子胆大机智的性格特点颇为鲜明。

3. 气势磅礴的《孟子》

春秋末年的孔子及其弟子组成中国历史上第一个学术团体。孔子作为师长，学问广博，德高望重，很少有人与他论辩。所以《论语》记录的内容大都是孔子对弟子们的释疑解惑，极少有充分的论证、阐发。但到战国中期，情况发生了变化。由于墨家写了《非儒》批驳孔子的学说，于是有孟轲挺身而出，以捍卫孔子学说为己任，宣称“予岂好辩哉？予不得已也！”（《孟子·滕文公下》）导致文章写作进一步向论辩方向发展。孟轲（约前372—前289），邹（今山东邹县）人，是孔子之孙孔伋的再传弟子，是继孔子以后建立了完整思想体系的儒家代表人物。因为他的主张被当时诸侯们认为迂阔不合时宜，不得已退而与其徒万章等人著书立说。现存《孟子》7篇，即为孟轲及其门人所著散文集，并在后世被列为儒家重要经典。

《孟子》发展了《论语》的语录体。与《论语》内容多为单人语录不同，《孟子》基本上属于对话体，而且每章一般围绕一定的中心展开，比单人语录更容易把论题阐发得具体深入，令人折服。孟子的文章又以擅长雄辩为人称道。他曾自述其长处为“知言”和“善养吾浩然之气”。“知言”即是冷静审度客观情势，做到有的放矢；“养气”即加强自身意志和人格修养。所以他的文章显得气势充沛，锐不可当，有先声夺人之感。他提出民贵君轻的民本思想，并常以救民于水火的姿态，奔走呼号。他愤慨地揭露“庖有肥肉，厩有肥马；民有饥色，野有饿莩”（《孟子·滕文公下》）的悲惨现实。出于对当时君主们荒淫无道的强烈愤慨，对挣扎在水深火热之中的平民百姓的深切同情和对其他学说的敌视，孟子的文章激切、刚厉，理直气壮。他还善于层层设问，运用诱使论敌就范的手法，使论辩对手坠入其所设陷阱中，然后一举突进论述核心，抓住要害，笔锋咄咄逼人。

孟子的文章语言较为浅近，明白晓畅而又寓意深远，令人回味。与《论语》相类似，《孟子》中的许多短语如“专心致志”、“舍己为人”、“明察秋毫”、“鱼与熊掌不可兼得”等都成为颇有生命力的成语。他又善用譬喻和寓言，如“缘木求鱼”、“揠苗助长”、“齐人有一妻一妾”等颇为幽默、风趣，很有艺术感染力。

4. 精微玄妙的《庄子》

在先秦诸子中，从文学角度而言，对后世影响最大的著述则非《庄子》莫属。作者庄周（约前369—前286），宋国蒙（今河南商丘附近）人，曾任漆园吏。楚威王闻其贤，欲聘他为楚相，被庄周婉言谢绝，穷困潦倒以终其生。所著《庄子》为道家经典之一。据说原有52篇，现存33篇。分为《内篇》七，《外篇》十五，《杂篇》十一。一般认为，《内篇》出自庄周本人，《外篇》和《杂篇》或出自其弟子之手。

《庄子》作为道家经典，虽然阐述的内容属于玄虚莫测的天道，但由于作者认为天下沉浊，不能讲严正的话；于是用无心之言来推衍，引用重言使人觉得真实，运用寓言来推广道理。庄周为阐发他那些玄奥难懂的哲学命题，既没有采用《孟子》那样层层设问、循循善诱，借助雄辩的方法，也没有像稍后的《荀子》、《韩非子》那样，运用逻辑推理的方法，正面立论；而是采用形象化的寓言，拟人化的设譬，让思想插上翅膀，驰骋于奇诡广阔的想象之域，将抽象神秘的天道描绘得似乎可感可知。其他诸子著作运用寓言多从历史传说或民间故事中引用，而且多为短小故事，插入正文之中，以资譬喻或论证。《庄子》与此不同，其中的多数寓言为作者虚构，而且由段落扩展成全篇。在这些类似于后代短篇小说的寓言中，不仅有人物形象、故事情节，而且还有动作、对话、人物肖像甚至人物表情的细致描绘。这与《论语》以来基于实录的对话式语录体大不相同，是我国文学史上自觉运用虚拟手法塑造文学形象的发端。在他的生花妙笔下，大鹏的怒飞（《逍遥游》）、鸿蒙的自得（《在宥》）、山狙的见巧（《徐无鬼》）都被刻画得生动逼真、栩栩如生。又如用庖丁解牛隐喻养生之道（《养生主》）、轮扁斫轮以明读书应弃糟粕之理（《天道》）、痀偻承蜩喻专心致志之道（《达生》）、郢匠运斤伤知音之难遇（《徐无鬼》）等无不写得形神俱现，将人世纷纭的大道理借助这些编造的小故事，十分形象地表达出来。

《庄子》的行文，向以缥缈奇变，如风行水上，自然成文为人所称道。《天下》篇曾自述其文以悠远的论说，广大的言论，没有限制的言辞，常放任而不拘执，不持一端之见。并自称他的书虽然奇特却婉转叙述，无伤道理；他的言辞虽然变化多端，却特异可观。这正是作者写作特色的自白。其语言的错综跳宕之美，音节的一唱三叹之致，文气的忽起忽落之势，戛戛独造，摇曳生姿，令读者如饮佳酿，迷离恍惚，一醉方休。在先秦诸子中，《庄子》中的语言作为成语流传至今者为数最多，如“朝三暮四”、“唇竭齿寒”、“望洋兴叹”、“吐故纳新”、“亦步亦趋”、“每下愈况”、“鸡鸣狗吠”、“摇唇鼓舌”等，形象精练，概括力强，具有强烈的艺术效果和很高的美学价值。鲁迅先生曾赞叹其文“汪洋辟阖，仪态万方，晚周诸子之作，莫能先也”，确为不易之论。

感情真挚、强烈，富有抒情气息是《庄子》散文的又一特色。对于昏君乱臣、虚伪君子、名利之徒，作者常疾恶如仇，予以辛辣的讽刺和无情的揭露；而在描写道家的理想人物如关尹、老聃时，文辞言语间又充溢着赞美之情。当他过惠施墓，借寓言

老子骑牛图（北宋·晁补之）

孔子像（南宋·马远）

寄托自己丧失挚友的悲痛时，也蕴含着对惠施那种知己之感的莫大珍惜。同时，《庄子》行文虽千变万化，但处处闪现着作者的影子，游鱼、渔父、蝴蝶、野马等，无不具有庄周本人的性格，体现着作者的某种精神状态。所以读庄子的文章，我们总觉得那是作者用心灵演奏的一串串音符，自然真实，韵味无穷。

5. 包容诸家的《荀子》

伴随百家争鸣的不断深入，到战国后期出现的《荀子》、《韩非子》已完全摆脱了对话体形式，成为专题论著。原来诸子喜欢运用的驳论也为正面立论所代替。《荀子》、《韩非子》中的多数篇章，大都具有中心明确、条理清晰、逻辑严密、论证充分的特点，标志着先秦论说文体的完全成熟。

《荀子》作者荀况（生卒年不详），又称荀卿，赵国人，曾游学齐国稷下，齐襄王时被奉为最有声望的学者。楚相春申君曾两次任用他为兰陵令，终老于兰陵。现存《荀子》共 32 篇。由于荀子的学问十分渊博精深，所以为文气魄宏大而雄浑，有包容诸家的气概。如《富国》、《王霸》等篇，纵横古今，广征博引历代兴亡鉴辙；《天论》篇则探幽抉隐，将属于天的各种现象和属于人的各种行动之间既相区别又相联系的关系作了详尽的论述，提出“天道有常”、“制天命而用之”的论点。他的文章长于说理，往往以一个问题为发端，铺张演绎开去，分析、比较、综合，反复论证，层出不穷，颇具声势。如《性恶》篇，以“人之性恶，其善者伪也”为立论，然后从正、反面予以反复论证辩驳，很有说服力。为了加强文章的气势，他还善用对偶、排比句法，又特别擅长比喻，如《劝学》使用比喻多达 60 余处，大大增强了文章的可读性。

6. 精于论辩的《韩非子》

《韩非子》的作者韩非（约前280—前233），韩国人，曾与李斯同学于荀况。秦王嬴政很钦佩他的著作，发兵攻韩索要韩非。韩非到秦国后却没能得到秦王的信任，后来又受李斯等人的诬陷，自杀狱中。《韩非子》共55篇，是先秦重要的法家著作。从文学角度而言，《韩非子》以分析精辟入理，风格严峻峭拔著称，读后令人有铭心刻骨之感。如《说难》、《备内》诸篇，细致入微地剖析了各种权术，淋漓尽致地撕下了“仁义”的遮羞布，将社会的丑恶赤裸裸地公诸光天化日之下。在阐述自己的论点时，韩非经常使用归纳法，即先举若干论据，再作论证，最后水到渠成，得出令人信服的结论。如《亡征》篇，从首句“凡人之国小而家大，权轻而臣重者可亡也”以下，一连使用四十余处“可亡也”，条分缕析，步步深入地罗列了各种亡国特征，如汹涌波涛，一浪高过一浪地扑面而来。韩非在论辩中，还善于运用逻辑上的矛盾律原理，“以子之矛，陷子之盾”（《难势》），使对方进退失据，从而达到出奇制胜、击败对手的目的。如《诡使》、《六反》等篇章，都堪称这种论辩方法的优秀之作。此外，《韩非子》一书中还记录了大量寓言故事，像“郢书燕说”、“守株待兔”等都是后世常用的成语典故。

三、史学的发达与发达的史传散文

传说上古时代王者身旁设有左右两位史官，“左史记言，右史记事”，小事记于简，大事记于策。简是用来书写的狭长竹片，诸简的连编则为策，把简策依时间顺序连缀在一起，就成为史书，古人称为《春秋》或《史记》。据《墨子》记载，周、燕、宋、齐等国均有各自的《春秋》。另外，还有留传至今的《世本》、《竹书纪年》等。可见春秋时代史学发达，著作丰富，可惜流传至今的只是极少数。

1.《春秋》与《春秋三传》

历史是一面镜子，为历代统治者处理政务、维护自己的统治提供了借鉴。春秋战国时代，战争连绵不断，政权更替频繁，各国统治者都十分重视总结历史经验教训。这是历史散文兴盛的政治原因。另外，一些哲学家、政治家如孔子，因为其学说受到各国统治者的冷遇，不得不退居修书。孔子说：“我徒欲立空言，设褒贬，则不如附见当时所因之事。人臣有篡权谋逆，因就此笔削以褒贬，深切著明以书之，以为将来之诫。”孔子整理、讲授《春秋》，正是此种理论的实践。《春秋》是鲁国的编年史，记述鲁隐公元年至鲁哀公十四年（前722—前481）的历史，保存了春秋时期的一些历史资料。但其记事过于简约，只是概括的、简单的记录，其中的褒贬是通过一字一句婉转显示出来的。前人称之为“微言大义”或“《春秋》笔法”。其中所记事件和作者的褒贬颇不易为读者领会，于是就有了三部补充、解说《春秋》的历史著作《春秋公羊传》、《春秋谷梁传》和《春秋左氏传》，世称《春秋三传》。

《春秋公羊传》的作者据说是战国时齐人公羊高。其说口授相传，至汉初才由公羊氏后人及弟子著于竹帛。主要内容是对

《春秋》义例进行解说，因而具有史论性质。但其中也有一些历史故事颇为生动，语言也较为通俗，带有口头讲述特点。《春秋谷梁传》的作者据说是战国鲁人谷梁赤，师徒口授相传，大概至汉初才写成定本。其书体例亦与《春秋公羊传》相同，但文风较为平实，其中穿插的一些短小故事，也较为精彩。但这两传主要是阐发《春秋》的微言大义，叙事简略，文学价值很低。

《春秋左氏传》简称《左传》。其作者和成书年代在中国经学史、史学史上一直众说纷纭。比较有代表性的主要有三种说法，一是认为此书出自左丘明之手，其成书年代大致当在孔子前后；二是认为汉代刘歆伪造，成书于西汉末期；第三种意见认为是战国时人根据各国史料辑录而成。《左传》主要是作为一部历史著作而传世，它以《春秋》为纲，按鲁君十二公的次序，记载了鲁隐公元年至鲁哀公二十七年（前722—前468）间的历史。全书共60卷，是我国古代最早而又详细完备、叙事生动的编年体史书。从文学角度而言，它作为先秦历史散文的代表，在文学史上也有着极重要的地位。

《左传》具有高超的叙事技巧，无论是头绪纷繁的复杂事件抑或密室谋划的小小场面，在作者的妙笔下，都能写得曲尽其致，生动传神。《左传》尤其善于描写战争，全书记述大小战争无数，却能把错综复杂的大小战役表现得千岩万壑，变化多端，繁简适当，条理井然，体现了高超的记事能力。如晋楚城濮之战，先从交战之前入手，大量铺叙两国战前情势，又记述晋国的外交活动；再记宋国向晋国求援，晋国衡量局势，决定进攻曹卫以解宋国之围；接着叙述楚国子玉率军与晋军接触，骄矜轻率，锐意求战，而晋文公故意退避三舍，以骄其兵；再简明扼要地介绍具体战斗中，双方的阵势、进攻方法；最后是战争结果，包括晋军缴获的战利品，楚帅子玉的结局，以及这次战争对当时整个政局的影响等。全篇仅有2000余字，却能把波及数国的大战交代得脉络分明，纤毫毕备。

《左传》在刻画人物方面也颇具特色。作者善于让人物在复杂的矛盾冲突中呈现不同的性格，或正直，或邪恶；或机智，或庄重；或淳朴，或诙谐。无不形象逼真，鲜明生动。如谏假道的宫之奇、论战的曹刿、智退秦师的烛之武、哭师的蹇叔、论政的子产等，无不写得栩栩如生，呼之欲出。尤为值得称道的是，《左传》能够通过连续记载人物的事迹，描述人物性格的发展变化过程。如晋公子重耳在外颠沛流离19年，开始时政治上不成熟，动辄发怒。在齐国，"齐桓公妻之，有马二十乘"，他便欲沉溺于温柔之乡。然而在政治波涛的不断冲刷下，他日趋成熟。在秦国，他得罪怀嬴后，能委曲求全。到晋楚城濮之战时，楚王称其在外19年，"险阻艰难，备尝之矣；民之情伪，尽知之矣"，在战争中老谋深算，显示了卓越的政治和军事才能。由一个落魄公子到威名远扬的春秋五霸之一，其性格发展的脉络十分清晰。

字句精严，语言精练，《左传》驾驭语言的能力也常常为人所称道。春秋时期各国互派使节，频繁往来，外交辞令特别发达。《左传》记僖公四年齐桓公伐楚，楚使者与管仲的对答；僖公三十年"烛之武退秦师"；成公三年"知罃对楚王问"等莫不委婉有致，曲尽其意。唐代史学家刘知几在其《史通》中曾称赞《左传》："其言简而要，其事详而博"，充分肯定了该书在语言方面的卓越成就。

2. 记言名著《国语》

《左传》以外，主要记述春秋时期各国历史的史书还有《国语》。《国语》是我国最早的一部国别史，也是一部颇有特色的历史散文著作。全书21篇，分别记述周穆王至鲁悼公500余年间周、鲁、齐、晋、郑、楚、吴、越八国史事。《国语》的作者，相传为左丘明，但也有很多学者对此表示怀疑。比较可信的说法应为，这是一部汇编之书，经过熟悉历史掌故的人排比润色，成书年代当在战国初年或稍后。

与《左传》以记事为主不同，《国语》是一部以记言为主的史书。它通过历史人物的言论、对话和互相论辩驳难来反映历史事件。所记某些言论，十分贴切传神，刻画人物之间的复杂关系及其曲折入微的心理状态形象逼真。如《晋语》记述了晋献公后妻骊姬夜半与献公谋于密室的各种言论，叙述了骊姬谗诬太子及其异母弟而立己子奚齐的整个阴谋过程。她抓住献公害怕失去权力的心理特点，别有用心地称赞太子“宽惠慈民”，渲染太子的声誉，以引起献公对太子的妒忌；又以“盍（何不）杀我”，“君盍（何不）老而授之政”等语引起献公对被迫让位的恐惧，终于使献公下了处置太子的决心。《晋语》记姜氏与子犯用计谋灌醉重耳后，用车拉着他溜出齐国，重耳醒来后与子犯二人的对话，也颇为幽默生动，富于机趣，贴切人物的性格特征。至于《周语》记召公谏厉王弭谤说：“防民之口，甚于防川”，更是比喻贴切而意味深长的言辞。《吴语》、《越语》记吴越争霸事，波澜起伏，尤为精彩。其中夫差、勾践等形象都可称得上是鲜明逼真、生动感人。从总体上说，《国语》中的篇章大都质朴简洁，较少润饰，比之长于叙事写人的《左传》，其文学色彩似略逊一筹。

3. 游说名家的言论集锦《战国策》

继《国语》之后，记叙战国时代各国历史的国别体史书有《战国策》。此书原名《国策》、《国事》、《短长》等。西汉末年刘向整理时按东周、西周、秦、齐、楚、赵等12国次序，去其重复，编订为33篇，定名为《战国策》。

《战国策》是一部汇编而成的著作，并非出自一人一手，也非出于一时一地，思想内容较为驳杂，儒、墨、道、法、兵各家思想都有所反映，但其主要倾向则是反映了鲜明的纵横家思想。所记主要人物多数为战国争雄时代活动于七国政治舞台上的谋臣策士。作者对这些纵横家的长短之术、诡谲之计、诈伪之谋极尽渲染之能事。在写作方法上即以这些谋臣说客的游说活动为记叙中心，并以此统率记言、叙事。上自国君、太后，下至平民百姓、公子王孙、谋臣武将、策士说客、嬖臣宠姬、幼童老叟无不搜罗其中，并且所写人物各具风姿。为了形象鲜明地刻画人物，作者往往摄取人物的主要特征，采用漫画式手法予以勾勒；个别地方甚至虚构情节，以达到传神写貌的目的。如策士中，坚韧倔强的苏秦、阴险狡诈的张仪、圆滑机智的陈轸、老谋深算的公孙衍，无不形象生动，栩栩如生。

《战国策》的叙事艺术也有很高的成就。其中很多篇章故事完整，情节曲折而富有戏剧性，并且在成功的叙事艺术中塑造了个性鲜明的人物形象。如《魏策》中的“唐雎不辱使命”一节，先记秦王的傲慢和强生是非，被唐雎正色驳回；再叙秦王勃然大怒；接叙唐雎不为所屈，正气凛然地予以回敬，并且挺剑而起，矛盾冲突达到白热化；最后写秦王色沮，长跪谢罪。故事层层推进，一波三折。秦王的色厉内荏，唐雎的蔑视强暴都刻画得十分鲜明。

《战国策》是战国时代雄辩夸饰的游说风气的产物。游说者为了达到猎取富贵的目的，必然要使自己的语言富有说服力和鼓动性，所以《战国策》的语言铺张扬厉，纵横驰骋，论辩恣肆，气势磅礴，往往综合运用比喻、夸张、对偶、排比等手段，以增强文章的气势和语言感染力。作者善于运用生动形象的语言表述抽象的道理。又善用寓言，以增加故事的生动性。如“画蛇添足”、“狐假虎威”、“惊弓之鸟”、“南辕北辙”、“鹬蚌相争”等寓言故事，至今为人们所习用。

4. 个人专史《晏子春秋》

《晏子春秋》是春秋时代齐相晏婴言行轶事的汇编。旧题《晏婴撰》。现在一般认为当是战国时人搜集有关他的言行及遗闻轶事汇编而成。晏婴，春秋时齐人，历仕灵公、庄公、景公三世，景公时为齐相，以节俭力行闻名于世。今本《晏子春秋》共8篇，215章，每章记述一事，以晏子即事劝谏景公治国为民，贤明为政者居多。其中较有文学价值的是有关晏子行事的一些传说故事，如《晏子使楚》、《景公夜从晏子饮》、《楚王欲辱晏子》等，情节生动，形象鲜明，突出表现了晏子临危不惧、忧国恤民、廉洁奉公、善于辞令的贤相形象。语言质朴谨严，不少警句格言也常为人称道。该书体现了历史著作由一国之史向一人之史转变的新趋势。由于种种原因，这种新趋向在后代并没有得到充分的发展。

第二章　典雅凝重：中国散文的成熟时期

一、从先秦纵横家散文到汉代政论文的嬗变

公元前221年，秦王嬴政逐一消灭了六国，建立起中央集权的统一封建国家。然而秦王朝仅仅存在了15年，其间除了皇帝的诏令和大臣的奏疏等实用文字外，没有留下任何有文学价值的作品。倒是完成于秦统一中国前秦王政八年（前239）的《吕氏春秋》和李斯作于秦王政十年（前237）的《谏逐客书》在文学史上有过一定的影响。

1. 汇集百家九流的《吕氏春秋》

《吕氏春秋》为秦丞相吕不韦召集门客汇集百家九流之说而成。吕不韦（？—前235），濮阳（今属河南）人。战国末年，为秦国丞相，门下宾客三千余人。他让众宾客写下所见所闻，汇为八览、六论、十二纪，故又称《吕览》。《吕氏春秋》思想内容十分繁杂，兼有儒、墨、法、兵、农、阴阳诸家之言。

《吕氏春秋》重视文艺的社会作用，故其为文讲究结构完整，文字简洁，形象鲜明，语言生动。尤为重视寓言在说理中的作用，富有浓郁的文学气息。如《疑似》篇举周幽王击鼓和黎丘丈

人遇鬼等故事来阐明“疑似之迹，不可不察”。《察今》篇举楚人不察水涨仍遵循旧标志和楚人刻舟求剑等故事来反对“法先王”，强调因时变法的重要性。《吕氏春秋》内容丰富，寓意深刻，具有较高的文学价值。

2. 汉代政论文和辞赋的先声

《谏逐客书》是古代散文名篇。作者李斯（？—前208），楚国上蔡（今属河南）人。年轻时曾为郡小吏，后向荀卿学习帝王之术。学成后西入秦国，初为吕不韦舍人，后向秦王政献剿灭六国之计，被拜为长史客卿。秦王政十年（前237），秦宗室大臣决议驱逐一切客卿，李斯亦在其中，于是李斯上《谏逐客书》，劝说秦王收回逐客令。

文章首先列举历史上客卿对秦国的贡献，论证“客何负于秦哉！”说明任用人才不必局限于秦国本土。其次列举大量事实，指出秦王喜好四方种种器物玩好而轻视排斥客卿，“是所重者在乎色乐珠玉，而所轻者在乎人民”的错误态度。最后提出广招人才以完成统一大业的建议，并指出逐客的危害：“今逐客以资敌国，捐民以益仇，内自虚而树怨于诸侯，求国无危，不可得也。”全文议论充分，说理谨严，气势奔放。语言上多用排偶，词采富丽，音调铿锵，大有战国纵横家的文风，而在文辞的修饰整齐，音节的和谐流畅方面，又是汉代政论文和辞赋的先声。

二、具有鲜明时代色彩的两汉政论文

汉朝是继秦朝之后，我国历史上第二个大一统的封建王朝。

由于秦朝短命夭折，没有能积累起一套可供后世借鉴的统治经验。为避免重蹈秦王朝的覆辙，缓和新兴地主阶级与农民的矛盾，调节统治阶级的内部关系，以巩固新兴的封建王朝，就成为一个十分迫切需要解决的问题，于是汉代政论文应运而生。汉朝建立伊始，开国皇帝刘邦就要求谋士陆贾“试为我著秦所以失天下，吾所以得之何”，可见汉代统治者为了巩固政权，需要并提倡政论文的写作。于是陆贾著成《新语》12篇，每奏一篇，“高帝（刘邦）未尝不称善”。可惜这些文章失传，我们已无缘拜读。现今能够见到的讨论这一问题的一篇重要论文，是贾谊所作的《过秦论》。

1. 百家争鸣余风影响下的贾谊与晁错

贾谊（前200—前168），洛阳（今属河南）人。18岁时，即以博学善属文闻名郡中。汉文帝时，被召为博士，因见识不凡，议论精辟受到文帝赏识，不到一年，就擢升为太中大夫。朝廷许多规章、律令的制定，都出于贾谊之手。他的才华和文帝的重用受到部分权贵大臣的反对，终于被贬为长沙王太傅。数年后，又任梁怀王太傅，梁怀王骑马时摔死，贾谊自认为没有尽到为傅的责任，经常悲泣自责，终因悲伤忧郁过度死去，年仅33岁。

贾谊是西汉初年最重要的政论家，所著《新书》以其不凡的政治远见和深刻的洞察力享有盛誉。首篇《过秦论》以总结秦亡的历史经验为主旨，是政论文中史论体的开山之作。文章开始为了说明秦国在统一六国过程中的强大，极力渲染六国诸侯合纵抗秦的盛况，而在文章的后半部分描写秦朝的覆亡时，又极力描写陈涉的平凡渺小以见亡秦的轻易。从而总结出一条对地主阶级统治具有普遍指导意义的规律，即“兼并者，高诈力；安定者，贵顺权”。认为巩固既得政权不能像夺取政权那样滥施暴力，而应该轻徭薄赋，与民休息。文章善于运用不同历史事实的对比来分析利害，于铺张渲染过程中，造成文章充沛的气势和极强的艺术感染力。其中的一些名句，至今传诵不衰。《新书》中的著名政论文还有《论积贮疏》和《陈政事疏》。前篇论证朝廷积贮不丰盈，是国家不安定的主要因素，强调了引导农民务农的重要性。后篇又称《治安策》，痛陈诸侯王势力的膨胀，已对中央政权构成严重威胁，提出多建诸侯以削弱其势力的措施。文章语言犀利激切，极富文采，尤其是文章的开头：“臣窃惟事势，可为痛哭者一，可为流涕者二，可为长太息者六，若其它背理而伤道者，难遍以疏举。进言者皆曰天下已安已治矣，臣独以为未也。曰安且治者，非愚则谀，皆非事实知治乱之体者也。夫抱火厝之积薪之下而寝其上，火未及燃，因谓之安，方今之势，何以异此！”作者流涕太息，忧时济世之情溢于言表。

贾谊作为先秦、两汉散文转变期的人物，其文明显带有先秦诸子散文那种铺陈辞藻，恣肆纵横的积习，具有战国纵横家的风格。而贾谊之后另一位汉代政论文大家晁错的作品则完全确立了质朴实用的汉文本色。晁错（前200—前154），颍川（今河南禹县）人。早年学习申商刑名之学，汉文帝时因通晓文献典故，为太常掌故，并奉命跟从原秦朝的博士伏生学习《尚书》。后任太子家令，深得太子赏识，被称为“智囊”。汉景帝即位后，为御史大夫。在政治上他力主削弱诸侯势力，巩固中央政权，并更改法令30章，终因触犯贵戚权臣和诸侯的利益遭到激烈反对。景帝三年（前154），吴楚七国以“诛晁错，清君侧”为名发动叛乱，迫使景帝默许，将晁错腰斩于长安东市。

晁错留下策论文多篇。著名篇章如《论守边备塞疏》、《论贵粟疏》，议论严谨朴实，切中时弊，条理清晰，语言晓畅，体现了作者对现实社会的深刻观察和知识分子兼济天下，匡正时弊的政治热情。如以《论贵粟疏》与内容相近的贾谊《论积贮疏》相比，则不难看出，晁错的文章暴露更有深度，所提措施也更加切实可行。此文着重阐述了重农抑商的经济思想，对封建社会农民挣扎在饥寒交迫死亡线上的悲惨情景作了淋漓尽致的刻画，对商人兼并农人的严重问题，作了深刻的揭露和批判。文章敢于正视现实，揭露问题，并提出诸如入粟可以拜爵免罪等措施。在表现手法上，文章自始至终运用对比手段，以加强说服力。其结构严整紧凑，用词洗练准确，堪称一篇内容与形式结合完美的佳作。鲁迅在《汉文学史纲要》中指出，贾谊、晁错为文皆疏直激切，尽所欲言，贾谊有文采而比较疏阔，晁错则见识深远。

2. 盐铁会议的文献《盐铁论》

西汉中期，政论文又异军突起，出现了桓宽《盐铁论》。桓宽，字次公，汝南（今河南上蔡）人。汉宣帝时举为郎，后任庐江太守丞。汉昭帝始元六年（前81），昭帝召集天下贤良、文学之士六十余人到长安，询问民间疾苦，并让他们与御史大夫桑弘羊、丞相田千秋讨论盐铁官营、酒类专卖等问题。与会双方展开了激烈的论战，其争论内容远远超出了盐铁问题本身，对汉朝建国以来政治、经济、军事、思想文化各个领域里各项方针政策的得失利弊进行了全面总结。这就是西汉有名的盐铁会议。到汉宣帝时，桓宽根据这次会议的有关文献，精心整理，重新剪裁和概括，成为《盐铁论》60篇。

《盐铁论》借鉴汉赋主客问答的形式，全部采用对话体。以文人、贤良为一方，以御史、大夫等为另一方，按各个专题将两派意见集中起来，以重现当时会议彼此诘难、互相辩驳的盛况。文字简洁犀利，论辩层层深入。论辩者或以从容细致的说理见长，或以尖锐激烈的言辞直指对方要害，或以生动具体的比喻以增强说服力。该书对论辩者的形态虽无一字描写，但对话者的语言、节奏、神情却宛然在目，令人可感，是汉代政论中别具一格的名花奇葩。

3. 高举“疾虚妄”大旗的王充及其所作《论衡》

汉代散文创作是中国文学史上继先秦之后的又一个繁荣时期。如果说，春秋战国时代政治上诸侯争雄，学术上百家争鸣导致了历史散文和诸子散文的蓬勃发展，那么汉代政论文的勃兴则是士大夫文人们悉心探讨现实的产物。以贾谊、晁错为代表的汉初作家们，关心国家和社会的发展，面对矛盾错综的社会现实，勇于发表自己的政治见解和主张，所作政论文与国计民生的联系更加紧密，与社会现实生活更加息息相关，具有鲜明的时代色彩。但自汉武帝罢黜百家、独尊儒术后，经学成为士人进入仕途的工具。而经学家家法森严，章句繁琐，许多士子皓首穷经，所作文章却日益脱离现实、不切实用。至西汉末年，谶纬之学兴起，空疏的经学又蒙上一层神秘的色彩。东汉初年，光武帝刘秀为了使自己的统治合法化，对谶纬之学更加推崇，并使之与今文经学合流而泛滥一时，成为思想文化领域的统治思想。所有这一切，都使一般政论文变得迂腐板滞而缺少生气。但少数作家仍能继承贾谊、晁错的优良传统，敢于揭露尖锐激烈的社会矛盾，对统治者的奢靡淫侈和谶纬之学予以大胆抨击。东汉初年的王充《论衡》，东汉后期的王符《潜夫论》和仲长统《昌言》即属此类作品。

王充（27—约97），字仲任，会稽上虞（今浙江省上虞县）人。出身于政治、经济地位都比较低下的"细族孤门"家庭。自幼聪慧好学，8岁时即能援笔作文，后来离家到京师洛阳入太学，拜班彪等当时有名的宿学鸿儒为师。家贫，常到洛阳书肆读书，勤学强记，过目成诵，博览百家之书，且重视品德修养，故很快成为一名博学多才、品德高尚的青年学者。曾作过郡功曹、州从事等几任小官。因常忧国忧民，敢于上书直言政事，且又愤世嫉俗，故为当权者所不容，多次遭受贬斥。后罢官还家，潜心著述，永元年间，病逝家中。

凝聚着王充毕生精力的《论衡》是一部著名的哲学和散文著作。全书共85篇（其中《招致》一篇已亡佚），20余万字，内容涉及哲学、政治、宗教、文化等多方面的问题。著者在解释《论衡》的创作目的时说："《诗》三百，一言以蔽之，曰'思无邪'；《论衡》篇以百数，亦一言也，曰'疾虚妄'。"他要"极笔墨之力，定善恶之实"，"论轻重之言，立真伪之平"，故将该书定名为《论衡》。全书对当时统治阶级提倡的以"天人感应"为核心的谶纬迷信思想和某些传统观念作了大胆深刻的批判。其中《自然》、《谴告》、《论死》、《道虚》、《辨祟》等篇以其朴素的唯物主义元气论对"鬼神"、"灾异"、"祥瑞"等荒诞不经的

汉宫春晓图（局部）（明·仇英）

汉宫春晓图（局部）（明·仇英）

唯心主义神学以有力的打击。《问孔》、《非韩》、《刺孟》等篇揭露了今文经学的僵化、腐朽和虚伪，向当时处于独尊地位的儒家经籍发起挑战，抨击当时儒者“好信师而是古，以为至贤所言皆无非”的错误态度，表现了作者无所畏惧的批判精神。

针对当时以辞赋为主的正统文学在写作方面所存在的内容荒诞虚妄、追求辞藻华靡和复古模拟等问题，王充在《自纪》、《佚文》、《超奇》、《艺增》等篇中还鲜明地提出了自己的文学主张。他反对当时弥漫于文坛的模拟因袭、贵古贱今的陋习，注重独创精神；主张文章内容必须真实可信，反对描写荒诞虚妄的迷信内容；主张文章注重实用，能够产生积极的社会教育作用，强调文章内容与形式的和谐统一，反对徒有美丽外表而无切实内容的虚华之作；提倡文章语言的口语化，反对古奥艰涩的文风。王充的这些文学思想对后世文学批评的发展产生了重大影响。

《论衡》一书在写作方法上也颇有特色。其特点一是逻辑严密，反复推理，多方论证，能紧紧把握论敌的矛盾谬误之处，以磅礴气势层层批驳，使论敌无法招架，这在《自然》、《齐世》等篇中有极好的体现。特点之二是语言通畅明白，自然流利，并能广设比喻，使之形象生动、妙趣横生，具有较强的艺术感染力。与当时流行的那种古奥繁缛、崇尚偶丽的文风截然相反，在汉代散文史上独树一帜。

4. 勇于揭露社会矛盾的王符和仲长统

王符，字节信，安定临泾（今甘肃镇原）人。生卒年不详。为人不苟世俗，隐居著书，终生不仕。所著《潜夫论》今存 35 篇。对当时政治黑暗、统治者腐败、官吏贪劣以及当时迷信卜巫、交际势利等不良社会风气，作了无情的揭露与深刻的批评。论述东汉后期时政弊端，是非明确，内容切实，说理透辟，结构严谨。由于受辞赋影响，《潜夫论》有些几乎通篇排偶，较为突出地表现出东汉后期政论文的骈化趋势。

仲长统（180—220），字公理。山阳高平（今山东金乡）人，曾任尚书郎。曹操为丞相，他一度入幕参军事。仲长统生逢汉末乱世，怀才不遇，故以愤世嫉俗、蔑视权贵之情，发愤著书，写成政治思想杂论集《昌言》。现存《后汉书》本传所载《理乱》、《损益》、《法诫》三篇最为完整，最具代表性。这些论文，锋芒直指汉末黑暗的政治现实，对统治者的荒淫腐败，尤其是外戚宦官统治进行了淋漓尽致的揭露，对亡国昏君宠信宦官外戚予以猛烈抨击。在总结历史经验教训的基础上，阐明了治乱兴亡的根源。其文风的特点是气势纵横，铺张扬厉，骈偶排比，文辞酣畅。

西汉和东汉各享国两百年左右，从总体上看，西汉政论文的成就远大于东汉。后世所谓“文必秦汉”，主要是把贾谊、晁错等人的作品视为典范，由此可见汉代政论文在文学史上的重要地位。

三、双峰并峙：《史记》与《汉书》

中国具有历史悠久的史官传统。史官们掌管国家的典册，记录朝政大事，并整理历史文献以供统治者咨询和使用。但在秦王朝焚书坑儒至汉王朝建立时，史官制度已名存实亡，图书典籍损失严重。汉王朝建立六七十年后，到汉武帝时，国家日趋强盛，社会经济、文化出现了较为繁荣的景象。与思想文化上的罢黜百家、独尊儒术政策相一致，整理历代文献资料也成为大势所趋。在这样的背景下，产生了中国第一部纪传体通史——《史记》。

1. 史家之绝唱，无韵之离骚

《史记》作者司马迁（前 145 或前 135—?），字子长，夏阳（今陕西韩城）人。10 岁时开始诵读古文，并受学于当时著名儒家大师董仲舒、孔安国等。20 岁时遍游大江南北，考察了许多名胜古迹。其后任职郎中，奉汉武帝之命出使巴蜀以南，代表朝廷视察和安抚西南少数民族地区。元封三年（前 108）继父职，为太史令。日常职司以外，得以在“石室金匮”（国家藏书处）大量阅读，整理文献资料，着手准备写作《史记》，以实现其父司马谈著述历史的遗愿。太初元年（前 104），曾参与改革历法。天汉二年（前 99），因上书替战败投降匈奴的李陵辩护，获罪，被处以宫刑。司马迁受此奇耻大辱，愤不欲生，但为了完成自己的著述，决心隐忍苟活。太始四年（前 93），曾作《报任安书》。大约于汉武帝末年去世。

司马迁一生中最伟大的业绩，是他写出了我国第一部纪传体通史《史记》，记述了中国上自黄帝，下至汉武帝太初年间，大约三千多年的历史，开创了以人物传记为中心的纪传史学，也因此开创了历史传记文学。他在《太史公自序》中说：“昔西伯拘羑里，演《周易》；孔子厄陈蔡，作《春秋》；屈原放逐，著《离骚》；左丘失明，厥有《国语》；孙子膑脚，而论兵法；不韦迁蜀，世传《吕览》；韩非囚秦，《说难》、《孤愤》；《诗》三百篇，大抵贤圣发愤之所为作也。此人皆意有所郁结，不得通其道也，故述往事，思来者。”这段话正是司马迁写作《史记》的动机和写作时心境的自白。

《史记》开创了新型历史著作体制——“纪传体”。司马迁继承前人的优良传统，吸收前人编撰历史的各种方法并加以综合运用，写成十二本纪、十表、八书、三十世家、七十列传，共计130篇。其中本纪用以记载自黄帝至汉武帝历朝、历代帝王的兴废和重大政治事件（《秦本纪》、《项羽本纪》略有不同）；表记历代大事，为全书叙事的联络和补充；书是典章制度或某类社会文化现象的专史；世家为春秋战国以来各主要诸侯国和汉代所封的诸侯、勋贵的历史；列传记述一人或同类数人之行事，其中包括贵族、官吏、学者、政治家、军事家、文学家、刺客、游侠、商人等不同阶层不同职业的人物，旨在使那些品行高洁或有功于世的各类人物得以传名后世。这五种体例，有些古已有之，但是把这五种体裁加以改造、补充，经过熔铸锻炼成为一个完整体系，则为司马迁的独创。这种体系成为封建时代各朝编纂正史的范本，是司马迁对中国历史科学的巨大贡献。

《史记》不仅是一部伟大的史学著作，也是一部杰出的传记文学著作。首先，《史记》创立了以描写人物为中心的传记。在《史记》之前，对于人物言行的记叙，限于体裁而显得零乱分散，没有系统性。如以伍子胥为例，《国语》仅记载他规谏吴王的言论；《战国策》则记录他逃出昭关，行乞吴市之事；《左传》较多一些，但把与伍子胥无关的事迹放在一起编年记录，首尾不相连，让人难以了解伍子胥事迹的全貌。至于《吕氏春秋》、《淮南子》等书的一些记载目的在于阐述作者的论点，不在传“人”。《史记》则极为重视人在历史发展进程中的作用，以人物作为历史的主体，为历史人物作传。《伍子胥列传》集中有关材料，系统、完整地描绘了伍子胥颇具传奇性的一生。这为后代传记文学的发展奠定了基础。

正是由于司马迁以人物作为历史的主体，《史记》才塑造了一大批栩栩如生、有血有肉的历史人物。其中既有叱咤时代风云、驰骋于楚汉战场上的豪杰，也有鼓弄唇枪舌剑、竞逐于函关内外的说客。山林隐逸的起义英雄，施恩拒报的乡间漂母，城门小吏侯嬴，卖浆贱民薛公，拍马奉迎的酷吏佞臣，直言进谏的忠臣直吏，言必信行必果的游侠，义无反顾、甘为知己者死的刺客，以及众多君主、谋臣、儒生、屠贩、走卒、娼优、方士等无不形象鲜明，神情毕肖。通过对这些众多人物的记载，表现了司马迁对暴君、暴政、豪强、酷吏的无比憎恨和强烈愤怒，特别是对汉代最高统治集团进行了辛辣的讽刺和深刻的揭露；表现了他对爱国爱民、急功好义、勇敢无畏、视死如归的品格以及对社会文化、经济作出贡献的历史人物的衷心赞扬；对那些信而见疑、忠而被谤，在黑暗、邪恶势力下横遭摧残的人如屈原、李广等，则寄托了深切的同情和不平感。

司马迁塑造出的许多性格各异、形象鲜明的人物形象，是与他高超的写人艺术分不开的。为历史人物作传与小说、寓言不同，后者可以想象、虚构；而前者则必须受客观历史事实的制约，但又不能照抄生活现象，写成一部人物流水账。因此，司马迁对历史材料作了适当的选择、剪裁和集中。这其中既有史学家的科学精神，又浸润着文学家的文才气质。如《留侯世家》特别提到张良“所与上从容言天下事甚众，非天下所以存亡，故不著”，意为他平时与刘邦谈论的事情很多，但写他的传记只能写那些与天下兴亡攸关的事件，才能突出张良“运筹策帷帐之中，决胜于千里外”的特点及其在创建汉王朝过程中的杰出作用。作者特别擅长抓住人物的主要特征来组织材料，展开叙述，塑造人物形象。如写秦始皇，以其刚愎暴戾为中心；写项羽，则以其叱咤风云、气盖一世的性格特征为中心；而对魏公子信陵君，则以其礼贤下士、守信重义为主体。在《魏公子列传》中，围绕信陵君救赵存魏这一事件，生动叙述了他怎样不顾当时世俗等级观念，与夷门监者侯嬴、屠户朱亥交往并“从博徒卖浆者游”的故事。在迎接侯嬴时，“公子执辔愈恭”、“公子颜色愈和”、“公子色终不变”等描写，细致入微地刻画出信陵君的胸怀和气度。为突出人物的性格特征，司马迁还擅长描写那些典型性的生活琐事。如《酷吏列传》中以张汤幼年时审盗肉之鼠的一段趣事作为开头，形象生动，对渲染张汤冷酷暴虐的性格作了极好的铺垫。《陈丞相世家》中写陈平为里宰时分肉甚均，《淮阴侯列传》中写韩信受胯下之辱等，都对刻画传主的性格特征起着十分重要的作用。

借助于描写紧张激烈的斗争场面，让人物在复杂激烈的矛盾冲突中展示其性格特征，也是《史记》塑造人物的重要手法。如《项羽本纪》，作者通过项羽杀宋义救赵、鸿门宴、垓下之战等一系列紧张激烈的场面，来刻画项羽力能拔山、气盖一世的英雄特征。尤其是垓下之战，写项羽于汉军重重包围之中，慷慨悲歌、别姬、溃围、斩将、刈旗、瞋目叱汉将、以骏马赠乌江亭长、自刎而死等，临危不乱，从容豪迈，成功地展示了一位末路英雄的悲壮形象，具有极强的艺术感染力。又如《刺客列传》叙荆轲刺秦王，由荆轲的进宫、上殿、献图，到图穷匕首见，荆轲执秦王袖而刺、逐，以匕首掷，最后反被秦王刺中而倚柱笑骂，情节层层递进，气氛逐步紧张，于惊心动魄的激烈场面中，烘托出荆轲视死如归、勇敢无畏的性格特征。

《史记》的语言瑰玮奇肆，造诣精深。《史记》的语言具有三个明显特征：首先，描绘人物的语言准确生动，能精确地传达人物的性格特征。如同是表达夺取天下的欲望，佣工出身的陈涉是"王侯将相宁有种乎？"旧贵族出身的项羽是"彼可取而代也！"而具有流氓习气且贪图富贵享受的刘邦则是"大丈夫当如是也！"十分恰当贴切地表现出三个人的身份、性格。又如《韩长孺列传》记述韩因罪下狱后与狱吏的一段对话："安国曰：'死灰独不复然乎？'田甲曰：'然即溺之。'居无何，梁内史缺，汉使使者拜安国为梁内史，起徒中为二千石。田甲亡走。安国曰：'甲不就官，我灭而宗。'甲因肉袒谢。安国笑曰：'可溺矣！公等足与治乎？'卒善遇之。"这段话中狱吏田甲小人得志无所顾忌的骄横之态，韩安国富有远见而又圆滑、善辩的性格，跃然纸上。其他如《张丞相列传》用"期期"二字表现周昌在口吃和盛怒情况下犯颜直谏的神情。《项羽本纪》中"鸿门宴"一节，《平原君列传》中"毛遂自荐"一节，《张仪列传》中"张仪与其妻对话"一节，都有精彩绝伦的对话，各种不同身份和性格的人物，语气神情，宛在目前。其次，《史记》的叙述语言能够吸收民间语言的长处，俚而不俗。在人物传记中经常引用民歌、谣谚和俗语，以增加文章的说服力和生动性。如《李将军列传》用俗谚“桃李不言，下自成蹊”，赞扬李广的品格和人们的崇敬之心。《淮南衡山列传》引民歌《淮南厉王》：“一尺布，尚可缝；一斗粟，尚可舂。兄弟二人不能相容。”揭露统治者内部的钩心斗角。《魏其武安侯列传》引《颍川歌》：“颍水清，灌氏宁；颍水浊，灌氏族。”反映灌氏家族强横霸道而引起人民不满等，都十分精练妥帖。再次，《史记》在用词造句方面，崇尚自然。作者在引用古籍时，常常译古为今，在叙事中好用虚词，从而造成简洁精练、流畅生动的语言风格。司马迁还在《史记》中开创了“太史公曰”这一史论方式，或补写人物的传闻轶事，或订正史实讹误，或抒发作者的感慨，夹叙夹议，不拘一格，具有较强的艺术感染力。

2. 富丽典雅的《汉书》

汉宣帝以后，有不少文人缀集时事续补《史记》。其中东汉初年著名学者班彪曾作《史记后传》六十余篇，其子班固在此基础上，撰成《汉书》。

班固（32—92），字孟坚，扶风安陵（今陕西咸阳东北）人。9岁时即能属文诵诗赋。16岁时入洛阳太学。因博览群书，学识渊博而又性情宽和谦让，深受当时儒者器重。父亲班彪死后，班固继承其遗志，想要补齐全书，被人告发私改国史，被捕入京兆狱。其弟班超上书力辩，获释。班固的才能，得到汉明帝赏识，被召为兰台令史，转迁为郎，典校秘书。奉诏继续完成其父所著书，历时二十余年，于汉章帝建初七年（82），基本完成《汉书》

的写作，开创了纪传体断代史体例。汉和帝永元元年（89），随大将军窦宪远征匈奴，窦宪骄横篡权，获罪被杀。班固受牵连入狱，死于狱中。

《汉书》记事始于汉高祖刘邦元年（前 206），终于王莽地皇四年（23），共 100 篇，后人分为 120 卷。《汉书》体例基本依循《史记》，惟改“书”为“志”，取消“世家”而并入“列传”。汉武帝以前诸史事，如高祖纪及诸王侯年表、诸臣列传等，大都沿用《史记》原文，昭帝以下至西汉末历史，则由班固自撰。因《史记》、《汉书》关系密切，故后世常有“班、马”或“《史》、《汉》”之称。

作为一个正直的历史学家，班固继承了司马迁“不隐恶”、“不虚美”的“实录”传统，重视真实客观地反映西汉一代的历史。因此《汉书》中的部分传记暴露了当时统治阶级的罪行，如《外戚传》、《佞幸传》对统治阶级内部种种秽行和丑恶面目的暴露，《霍光传》对外戚飞扬跋扈、专横暴虐及其爪牙鱼肉人民的揭露均十分深刻。而另外一些传记如《龚遂传》等则赞扬了体恤民情的官吏，对当时下层人民的疾苦表示出一定的同情。

从传记文学的角度看，《汉书》的艺术成就与《史记》相比略显逊色，但也有不少人物传记写得很成功。如《苏武传》通过一系列具体生动的细节描写，表现了传主苏武视死如归的优秀品格和不屈不挠的斗争精神，赞扬了苏武在非常条件下坚持民族气节的高尚情操。苏武出使匈奴被留 19 年，历尽千辛万苦，终于得归故国，其事迹可歌可泣，千古传扬。文章写得声情并茂，动人心弦，成功地塑造了苏武这样一个坚贞不屈、大义凛然的爱国英雄形象。又如《朱买臣传》，通过对朱买臣在贫穷和富贵两种不同处境下的精神面貌和人们对他前倨后恭的具体态度，既辛辣地讽刺了封建时代世态炎凉的社会丑态，也勾画出在功名利禄引诱下没有独立人格的知识分子可怜可憎的面目。《霍光传》十分成功地刻画了权臣霍光既小心谨慎又飞扬跋扈，既维护刘氏正统又权欲熏心的复杂性格。

《汉书》擅长通过人物的日常生活细节来刻画他们的思想性格特征和人物之间复杂微妙的关系。如《陈万年传》写陈万年卧病在床，还让其子陈咸在床下接受他的教训，语至半夜，陈咸困倦不堪，入睡，火触屏风，陈万年勃然大怒，诘问其子何以如此，儿子答道，全知道了，便是要儿子谄媚事上罢了。陈万年于是不再说话。一个小小的生活场景，几句父子问答，活脱出一个不以谄事权贵为耻的官僚和一个憨傻不肖的儿子形象。又如《董贤传》写汉哀帝因悦其仪貌而宠幸董贤，时常与董氏同榻而卧，“尝昼寝，偏籍上袖，上欲起，贤未觉。不欲动贤，乃断袖而起。其恩爱至此”。只这一个细节便揭示了昏君与佞臣之间肉麻无耻的丑恶关系。《霍光传》写大将军霍光权倾朝野，势位之重，“宣帝始立，谒见高庙，大将军光从骖乘，上内严惮之，若有芒刺在背。”“芒刺在背”这个细节将弱君与强臣之间紧张而微妙的关系表现得恰如其分。

受当时辞赋创作的影响，班固在文学语言方面崇尚辞藻，长于排偶，且好用古字。因此与《史记》挥洒自若、笔墨酣畅不同，《汉书》以整饬详赡，富丽典雅，文质彬彬见长。如《苏武传》中记苏武在单于的胁迫面前，坚韧不屈，视死如归，极细腻地刻画出他这段不寻常经历中所遭受到的一系列苦难。《霍光传》中记述霍光与群臣上书废昌邑王一事，也能细致入微地表现事件的始末。这些均可显示出《汉书》整严工练的特点。另外，《汉书》在人物传记中引用了大量辞赋和散文，虽然对叙事的连贯和人物特征的刻画不无影响，但因此保存了一些重要文献。这也是班固在保存文化遗产方面的一个贡献。

第三章　雕章琢句：文学自觉时代的三国两晋南北朝文

魏晋南北朝时期的大约四百年间，在政治上是四分五裂和南北对峙的时期，在文学（当然也包括散文创作方面）上却是光辉灿烂、颇有成就的历史时代。为叙述简便，分为三国、西晋、东晋、南朝、北朝五个部分予以介绍。

一、充满时代风云的三国散文

东汉末年，由于统治阶级的极端腐败和社会矛盾的异常尖锐，终于爆发了以黄巾为首的农民大起义。起义军虽然失败，但汉王朝的根基已经被动摇。汉献帝建安时期，军政大权落于曹操之手，献帝为曹丕所废后，魏、蜀、吴三分天下，史称三国。但建安时代曹氏势力剧增，汉虽未亡而权力已移，曹丕称帝后建元“黄初”，实与建安时期无论在政治或文学上都堪称一体，密不可分。所以这一时期的文学被称为“建安文学”。而其文学特点则称为“建安风骨”或“汉魏风骨”。

1. 帝王之家的散文创作

建安时期的散文成就以地区而论，曹魏为最，吴、蜀次之。其体裁形式则多为应用文字，论辩散文次之。鲁迅先生在《魏晋风度及文章与药及酒之关系》一文中曾指出建安散文与西汉散文的不同，以为“汉末魏初的文章是清峻，通脱”。所谓清峻是指文章简约严明；所谓通脱是指随便自然、放达的文章笔法。这种清峻、通脱的文章特色在曹操的作品中表现得最为突出。

曹操（155—220），字孟德，小字阿瞒。沛国谯（今安徽亳县）人，是东汉末期杰出的政治家、军事家和文学家，曾参与镇压黄巾起义军，并逐步发展、扩充自己的军事实力。建安元年（196），迎汉献帝于洛阳，又奉帝迁都于许昌，建立了“挟天子以令诸侯”的政治优势。官渡之战击败袁绍，并逐步统一了北方广大地区，建安十三年，率军南征，在赤壁为孙刘联军击败，因此初步形成三国鼎立形势。建安二十五年正月病逝于洛阳。其子曹丕称帝后，追尊为魏武帝。后人辑其诗、文为《魏武帝集》。

曹操在文学方面有浓厚的兴趣和深湛的修养。在魏王都城邺（今河北临漳县邺镇），他和他的儿子曹丕、曹植集中了大批文人学士，形成了以曹氏父子为中心，名重一时的邺下文人集团，为以“建安风骨”为特征的建安文学整体的形成、发展、传播、垂于后世，奠定了基础。

曹操本人的文学成就也颇为人所称道。他的诗歌作品影响深远。散文创作主要是表、令、书等应用文字。代表作有《请追赠郭嘉封邑表》、《求贤令》、《举贤勿拘品行令》、《让县自明本志令》、《与王修书》、《祀故太尉桥玄文》等。作于建安十五年（210）的《求贤令》，文字简短，气势磅礴，表现了曹操那种无限宽广、豪迈的胸襟。《举贤勿拘品行令》中说即使“不仁不孝”而“有治国用兵之术”者，也“各举所知，勿有所遗”。这与汉武帝以来思想政治领域里儒家独尊地位发生动摇，名家、法家、道家、纵横家有所抬头有关，加上曹操身居高位，说话随心所欲，故其为文气大声宏，敢想敢说。所以鲁迅先生说，曹操“是一个改造文章的祖师”，“他胆子很大，文章从通脱得力不少，做文章时又没有顾忌，想写的便写出来。所以曹操征求人才时也是这样说，不忠不孝不要紧，只要有才便可以。这又是别人所不敢说的”（《魏晋风度及文章与药及酒之关系》）。作于建安十五年的《让县自明本志令》更集中反映了曹操为文的这些特点。其时赤壁之战已过去两年，魏、蜀、吴三国鼎立之势已初步形成。三方之中，曹操势力最大，是北方地区实际上的最高统治者。在他试图统一全国的时刻，有人说他心怀“不逊之志”，也即是说他想篡汉称帝。为了回答舆论的非议，曹操写了这篇《让县自明本志令》。文章详细叙述了他大半生的奋斗经历，精辟地分析了当时的形势，坦率地阐明自己目前的处境和自己内心的各种想法，揭露批驳了当时某些朝野人士对他想要篡位的种种猜测、议论，断然否认自己有篡夺汉位的野心。但他同时严正声明，政治权位是一个根本性的原则问题，有人想让他交出兵权，也是绝不可能的。他绝不做这种对自己对国家都不利的傻事。文章充分估计了他个人在当时历史发展中的巨大作用，直言不讳地断言：“设使国家无有孤，不知当几人称帝，几人称王。”写得极其坦率而有气魄。全篇风格轻松通脱，情真意切，把曹操进退两难的苦衷叙述得入情入理，娓娓动听。而作者那种身为胜利者的踌躇满志之态，那种应付舆论的软硬兼施手法，以及那种含有教训警告意味的恫吓要挟，都丝毫不加掩饰地表现出来，写出了曹操的独特口气。这种平易自如、率真流畅的文体，在东汉以来趋于讲求对偶、注重用典的文风中，独树一帜，影响深远。

曹丕（187—226），即魏文帝，字子桓，曹操次子。少有逸才，博览古今经传、诸子百家之书。建安二十二年（217）立为魏太子。二十五年正月曹操卒，曹丕嗣位为丞相，魏王。同年十月，废汉献帝自立，改元黄初。七年后病卒于洛阳。

青年时代的曹丕是邺下文人集团的核心人物。他在诗歌、散文创作和文学批评方面都有杰出的成就。所著《典论》是一部政治、文化论著，也是重要的散文作品。原书包括多篇，现仅存《自叙》、《论文》两篇。其中《论文》是我国第一篇全面而专门的文艺批评论文，针对视文学创作为"童子雕虫篆刻"，"壮夫不为"的传统观念，阐述了"文章经国之大业，不朽之盛事"的社会功能；批判了文人相轻，"各以所长，相轻所短"的陋习；对建安七子孔融、陈琳、王粲、徐幹、阮瑀、应玚、刘桢逐个进行了简要的分析和评价，既有热情的鼓励，也有中肯的批评。文章还对涉及文学创作的一些规律性问题，如文学的特征和分类，作家的个性、气质和风格，文学批评的标准和态度等作了简明扼要的论述。全文立论公允全面，分析深刻具体，对建安文学和后代文学批评产生了深刻的影响。

曹丕为人称道的散文作品是他的两篇《与吴质书》。其时，建安七子中徐幹、陈琳、应玚、刘桢等已因往年瘟疫去世。曹丕在信中满怀深情地回忆了当年邺下文人生活的欢乐情景，再次评述了建安七子的文学成就。其述说朋友们死后为其编辑遗文的心情尤悲痛感人："谓百年已分，可长共相保，何图数年之间，零落略尽，言之伤心！顷撰其遗文，都为一集。观其姓名，已为鬼录。追思昔游，犹在心目，而此诸子，化为粪壤，可复道哉！”文章叙旧抒情，质朴诚恳，堪称建安时期的散文杰作。

曹植（192—232），字子建，为曹丕胞弟。自幼聪慧异常，出言成论，下笔成章，深得曹操宠幸，并几次想要立他为太子。然而曹植性格放任，饮酒不节，屡犯法禁，动摇了曹操对他的信任。结果不但没能被立为太子，反遭其兄曹丕的猜忌。220 年，曹丕继承王位并废汉帝自立以后，曹植成为遭受限制打击的对象，终日战战兢兢，如履薄冰，终于在 41 岁时因忧郁过度而英年早逝。后人辑其诗文赋等为《曹子建集》、《陈思王集》。

曹植是建安文学的集大成者，在文学创作方面，无论诗、文、赋的写作成就，都超过了其父兄。在散文创作方面，包括颂赞、铭诔、碑文、哀辞、章表、令、书、序、论、说等多种体裁，现存较完整者即有百篇之多。他的一生可以曹丕称帝为界，前期主要生活在邺城，和邺下文人一起饮酒赋诗，生活优裕，对前途充满希望，立志在政治上有所作为。其代表作《与杨德祖书》即集中体现了曹植早年的这种个性和志趣。在这封书信中，曹植以亲切直率的语言，对当时的一些作家进行了评论，倾谈了自己宏大的思想抱负。他认为吟咏诗赋不是他的理想，他要在政治上报效国家，造福人民，名垂后世。作品行文流畅，热情洋溢，语言恳切，是研究曹植早期文艺思想的重要资料。后期的曹植备受魏文帝曹丕及其儿子魏明帝曹叡的排挤和打击，曾数次变更爵位，迁徙封地，动辄得咎，心情郁闷。故其创作一改前期的乐观欢娱风貌，而是抒写内心的忧惧和愤懑。《求自试表》、《求

洛神赋图（局部）（东晋·顾恺之）

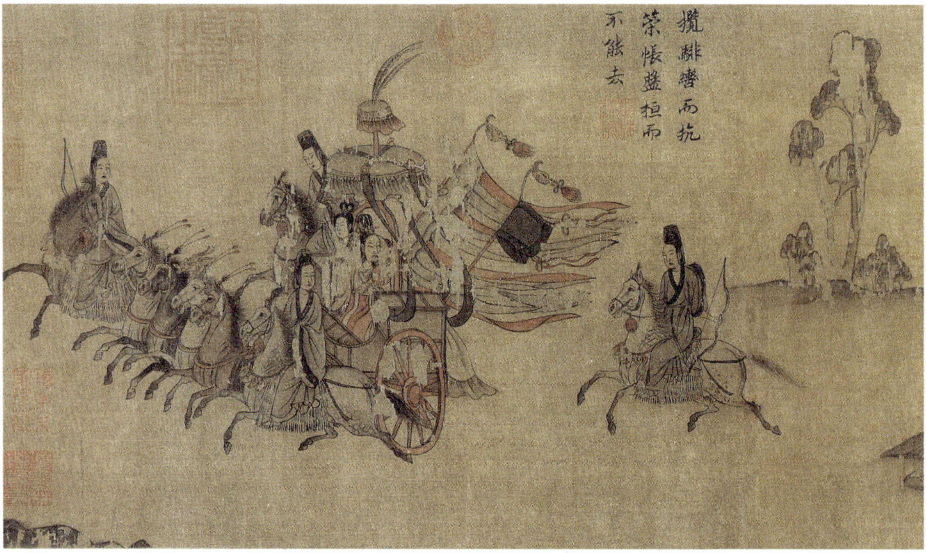

洛神赋图（局部）（东晋・顾恺之）

通亲亲表》正是这一心情的鲜明体现。这两篇表都作于魏明帝太和年间。前者述说了政治上被猜忌压抑的苦闷，表达自己不甘心做“圈牢之养物”而尸位素餐的痛苦心情，要求明帝消除疑忌，给他以报效国家、建功立业的机会。其跃跃欲试，甘愿为国家献身的雄心壮志呼之欲出，情真意切，感人肺腑。后者作于曹植逝世前一年，对当时宗室内部“婚媾不通，兄弟永绝；吉凶之问塞，庆吊之礼废；恩纪之违，甚于路人，隔阂之异，殊于胡越”的猜忌、排斥状况表示了极大的忧愤，呼唤亲戚间的正常关系，要求明帝解除禁令，允许诸侯王与皇帝得以往来。文章慷慨激昂，情绪激烈，几乎声泪俱下。后期较出色的散文作品还有《令禽恶鸟论》、《藉田说》、《髑髅说》等。

2. 建安七子的竞相争艳

曹氏父子以外，建安文学的创作成就主要应推建安七子。“七子”之中，孔融年辈较长，为汉末重要散文家。他是孔子的十世孙，在当时颇有文名。所作文章以文句整饬，词采典雅，比喻精妙，气势充沛见长。优秀散文作品有《论盛孝章书》、《荐祢衡表》等。前者引经据典，从人情友谊，宰相惜贤等方面反复论证，劝谕曹操应该解救被孙权围困的盛孝章；后者力荐青年有为的才子祢衡，称赞他“淑质贞亮，英才卓跞”，“忠果正直，志怀霜雪，见善若惊，疾恶若仇”，断言“使衡立朝，必有可观”，乞求“令衡以褐衣召见”。孔融的某些文章敢于针对时政直抒己见，锋芒毕露，个性鲜明，对曹操屡加攻击，终因触怒曹操被杀。除孔融以外，陈琳、阮瑀、徐幹的散文也颇为人称道。陈琳的文章风格雄放，文气贯注，笔力强劲，尤其是他的檄文最为出色。他曾入袁绍幕，军中文书多出其手。其《为袁绍檄豫州文》，历数曹操的罪状，诉斥及其父祖，颇富煽动力。阮瑀亦擅长章表书记，文思敏捷，与陈琳齐名。据说他曾在马上为曹操草拟致关西韩遂书，书成呈曹操改定，操竟不能增减一字。现存《为曹公作书与孙权》等，文气顺畅，舒卷自如，不愧名手。徐幹的政论性杂著《中论》是建安七子中现存唯一的专著，立论确凿，语言平实，讲求逻辑，条理清楚，繁复绵密，雍容典雅，不失为一部较好的论说文专著。“七子”以外，繁钦《与魏太子书》、吴质《答魏太子笺》、《答东阿王书》等，文笔轻灵，情致委婉，皆属曹魏散文中的佳品。

3. 诸葛亮的出征誓词——《出师表》

三国文学的繁荣主要体现在曹魏一方，西蜀、东吴两国几乎无文学可言。唯独西蜀丞相诸葛亮的前、后《出师表》等作品脍炙人口，广为传诵。

诸葛亮（181—234），字孔明，琅琊阳都（今山东沂水县南）人。早年躬耕于南阳隆中（今湖北襄阳城西）。然素有大志，每自比于管仲、乐毅，被称为卧龙。建安十二年（207），刘备三顾草庐，请他出山共图大业，从此成为刘备的主要谋士。辅佐刘备，策划孙刘联合战略，取得赤壁之战的胜利，奠定三国鼎立局势。刘备称帝后，拜为丞相。刘禅继位后事无巨细都取决于他。曾数次率军北伐曹魏，终因兵少势单，粮草不继，未能成功。最后病逝军中，谥忠武侯。后人辑其著作为《武侯全书》、《诸葛忠武侯文集》等。

诸葛亮的文学成就主要是散文。作于建兴五年（227）的

《出师表》（又称《前出师表》）是作者率军北伐曹魏之前给蜀汉后主刘禅的奏表。表文分析了当时蜀国的危急形势，告诫刘禅要继承先帝遗志，广开言路，赏罚公正分明；要尊贤纳谏，亲贤臣，远小人。并叙述了自己自刘备三顾茅庐以来的艰难经历，表示要尽忠尽力，挥师北上，克敌制胜，收复中原，以报答先帝刘备的知遇之恩。文章剖白个人心迹，情词恳切，耿耿忠心，溢于言表，既具强烈的感情色彩，又有朴实无华的语言风格。作者所表现的那种矢志不移的忠诚精神和贤明正派的性格作风，感人至深，受到历代政治家和文学家的高度推崇。《建兴六年上言》（又称《后出师表》）同样表现了作者不计成败得失，一心报效蜀汉，奋斗到底的精神。末段中以“鞠躬尽瘁，死而后已”，概括了作者的性格，显示了其高风亮节，成为千古传诵的名言。前后《出师表》以外，作于建兴元年的《正议》义正词严，气势充沛，很有一种从精神上摧垮论敌的强大气势。《与群下教》、《诫子书》等，内容充实，说理透辟，均属散文佳作。

4. 魏晋易代之际消极抵抗的阮籍、嵇康等

继建安文学之后，人们习惯将魏末的文学称为“正始文学”。正始是曹魏第三代皇帝曹芳的年号（240—249）。此时的政治局势如同当年的建安时期，皇权旁落，易代在即。司马氏已经牢牢控制曹魏政权，正在实行高压政策，剪除异己，标榜“名教”，作家们都受到程度不同的迫害。所以他们虽然以老庄自然无为的哲学与之相抗，也时有愤世嫉俗之词，但其为文却终不敢汪洋恣肆，而是以析理严密、深厚典重见长。

正始文学大致可分为两个流派。一派以王弼、何晏为代表，

崇尚老庄，喜好玄谈，虽然号称精微玄妙，却无多大动人心魄之力。一派以阮籍、嵇康为代表，包括“竹林七贤”（阮、嵇以外，尚有山涛、向秀、刘伶、阮咸、王戎）中的其他一些人。他们虽然也崇尚老庄，喜好清言，却是以老庄为武器，采取消极反抗的态度，因而他们的作品仍然关心现实，继承着建安文学的遗风。

阮籍（210—263），字嗣宗，陈留尉氏（今属河南）人。为建安七子之一阮瑀之子。家境清苦，自学成才。政治上倾向于曹魏皇室，对当权的司马氏集团心怀不满。但是迫于司马氏的淫威，不得不采取不涉是非、明哲保身的态度。或闭门读书，或酣醉不醒，曲与周旋，得以终其天年。曾先后做过司马氏父子的从事中郎、散骑常侍和步兵校尉。故后人称其为阮步兵。除五言诗外，阮籍的散文创作也很有成就。作有论说文《通老论》、《达庄论》、《通易论》、《乐论》，比较全面地阐述了他的哲学思想。文章采用“答客问”的辩难式写法，结构上注重逻辑层次，擅长逐层深入分析事物的抽象本质，语言朴素凝重，不事雕琢，具有一定的艺术性。阮籍最有名的散文作品是《大人先生传》，所谓“大人”即仙人，是作者虚构的一个理想化的正面人物，据说是以当时的著名隐士孙登为原型塑造而成。大人先生“超尘拔俗，遗世独立”，“与自然齐光”。文章借他之口阐发了超越名教，任其自然的旨趣，对封建世俗名教进行了无情的批判和辛辣的讽刺，惊世骇俗，发前人所未发。其思想锋芒之锐利，为阮籍著作中所仅见。全文浑然严整，形象生动，寓理深刻，明显受到《庄子》文风的影响。而且语言恣肆畅达，韵散相间，在艺术上很有独创精神。

与阮籍齐名的另一散文大家是嵇康。嵇康（223—262 或 224—263），字叔夜，谯郡铚县嵇山（今安徽涡阳）人。家境贫困，仍励志苦学。博通文学、玄学、音乐等。娶曹操曾孙女长乐亭主为妻。曾官中散大夫，史称“嵇中散”。在政治上倾向曹魏皇室，对司马氏采取不合作态度，屡次拒绝司马氏集团的拉拢利诱，因此颇遭忌恨。后因故被钟会构陷，为司马昭所杀。临刑时，神色自若，奏《广陵散》一曲，从容赴死。时与阮籍齐名，有《嵇中散集》。

嵇康的散文成就比阮籍更为突出。他的论说文《养生论》、《声无哀乐论》、《管蔡论》、《难自然好学论》等立论新颖，措辞犀利。以极大的勇气对封建名教观念发出挑战。如《声无哀乐论》批驳了声音本身具有哀乐的观点，《难自然好学论》则反对“六经为太阳，不学为长夜”的论调。鲁迅先生曾亲自校订嵇康的文集，并说：“嵇康的论文，比阮籍更好，思想新颖，往往与古时旧说反对。孔子说：‘学而时习之，不亦说乎？’嵇康作的《难自然好学论》，却道，人是并不好学的，假如一个人可以不做事而又有饭吃，就随便闲游不喜欢读书了，所以现在人之好学，是由于习惯和不得已。还有管叔、蔡叔，是疑心周公，率殷民叛，因而被诛，一向公认为坏人的。而嵇康作的《管蔡论》，也反对历代传下来的意思，说这两个人是忠臣，他们的怀疑周公，是因为地方相距太远，消息不灵通。”嵇康的书信《与山巨源绝交书》、《与吕长悌绝交书》也很有名。前一篇向来被视为嵇康散文的代表作。嵇康的好友山涛（巨源）投靠司马氏集团为吏部郎，离职时，举荐嵇康接替这项职务。嵇康极为愤怒，写此信与之绝交。信中列举了自己不能担当此职的理由，有“必不堪者七”，“甚不可者二”；述说自己性格刚直，脾气怪僻与讲求礼法之士不合。文章名为与友人书信，实则表现了对统治者的有力抗争，明确表示了他“排汤武而薄周孔”的政治态度，对封建礼教予以猛烈抨击。文章纵情挥洒，无拘无束，嬉笑怒骂，痛快淋漓。此外，嵇康还著有《圣贤高士传》，其中《井丹》、《汉阴丈人》等，能够较为生动地塑造人物的性格，笔法简练而有文采，不失为优秀的传记文学作品。

向秀和刘伶在当时也小有名气。向秀，字子期，河内怀县（今河南武陟西南）人，与嵇康等人友善。嵇康被害后，迫于司马氏的高压，他不得不应征到洛阳。当他途中路过嵇康故居时，情不自禁，写下了著名的《思旧赋》及其序。描写了重睹故人旧居的感受，表达了对亡友极为深挚的怀念之情。其中的小序，即景生情，凄切悲怆，虽只寥寥数语，却凄神寒骨，感人至深，堪称书序类散文的杰出代表。刘伶，字伯伦，沛国（今安徽宿县）人。所著《酒德颂》，生动形象地反映了魏晋之际的名士崇尚玄虚、消极颓废的精神面貌，对名教礼法的蔑视及对自然的向往。其思想、语言颇有类似于嵇康之处。

二、陆海潘江话西晋

1. 骈文的萌芽与陆机、潘岳的精心培育

265 年，司马炎（晋武帝）代魏称帝，国号晋，史称西晋。西晋是中国历史上短命的王朝之一。虽然作家众多，却没有出现

一个大作家。散文创作方面的成就更几乎微不足道。这个时期士族文人把持文坛，他们既缺乏建安作家那种建功立业的雄心壮志，也缺乏正始作家那种忧愤深广的思想境界。但是，另一方面，这个时期作家们的文学意识却有所加强。他们开始更多地倾向于抒发个人情志，追求文采绮丽的特色。其突出特点是骈偶化日趋严重，骈文作为一种文体已日臻成熟。所谓骈文又称骈俪文，其主要特点是要求通篇文章句法结构相互对称，词语对偶。声韵上讲究运用平仄，使之音律和谐。修辞上注意辞藻华丽和用典。骈文是从先秦文章中的一种修辞手法，即排比对偶演变而来。西晋时期骈体文趋于成熟，代表作家首推陆机和潘岳。

陆机（261—303），字士衡。吴郡吴（今江苏苏州）人。少有异才，文章冠世。20岁时东吴灭亡，即与其弟陆云退居旧里，闭门读书达10年之久。太康十年（289），与陆云来到洛阳拜访太常张华，张华大为赞叹，广为称扬，一时陆氏兄弟誉满京华。历任国子祭酒、太子洗马、著作郎等职。赵王伦专权，以陆机为相国参军。后入成都王幕，参大将军军事，又表为平原内史。故后世又称为陆平原。太安二年（303），成都王举兵伐长沙，以陆机为前将军前锋都督。兵败为怨家所谮，被杀。

陆机博学多能，具有较高的艺术天赋，是西晋太康、元康年间最有成就、最负声誉的文学家。他在骈文创作方面的成就尤为可观。如他在退居旧里时所作《辨亡论》二篇，论东吴兴亡的原因，在于能否得人，议论滔滔，势不可当，可称为西晋论文中最为博大的篇什。《吊魏武帝文》是看到曹操遗令有感而作。陆机出生的吴国和再仕的晋国都与曹魏势不两立，陆机为文悼念曹操，难免有所顾忌。文章肯定了曹操统一北方的历史功绩，对曹操一生充满同情，也对这位叱咤风云的豪杰在死亡面前难以摆脱对家庭琐务的牵挂之情而暗含讥讽，所作评价大体公允。文章风格时而峭拔豪放，时而委婉细腻，除骈俪的序言外，正文通篇为六言骈偶，实为陆机首创。其他如《叹逝赋序》、《豪士赋序》等，说理与抒情相结合，句式整饬，声律谐美，用典繁密，均为西晋骈文的代表作品。

与陆机齐名的潘岳（247—300），字安仁，祖籍荥阳中牟（今属河南）。自幼受到良好的文学熏陶，聪颖辩惠，摛藻清艳，被乡里称为奇童。早年被司空太尉府辟为司空掾。后因作《藉田赋》，招众忌恨，滞官不迁达10年之久。后为河阳县令、著作郎等职。与石崇友善，依附贾谧，为贾氏文人集团“二十四友”之首。永康元年（300），赵王伦专权，中书令孙秀诬潘岳、石崇、欧阳健等阴谋作乱，被杀。

潘岳在当时颇负盛名。与陆机一起，被视为太康文学的主要代表人物，雅有“陆才如海，潘才如江”（《诗品》）的美誉。除诗赋外，尤善为哀诔之文。今存哀诔、哀辞、祭文等20余篇，其中不乏佳作。如著名的悼亡之作《哀永逝文》是为悼念其妻子逝世而作，叹永逝之不返，哀生年之浅浮，缠绵悱恻，凄切欲绝，把丧偶之后萧索冷漠的气氛描绘得细致入微。其他如《杨荆州诔》、《夏侯常侍诔》等，多为其亲戚、朋友而作。词婉情切、哀痛感人。尤为值得称道的是他的《马汧督诔》。此文作于元康七年（297），当时氐人齐万年起兵，朝廷派夏侯骏、周处统兵征讨。由于为人正直的周处执法不避宠贵，得罪权要，梁王肜与夏侯骏借机报复，致使周处孤军奋战，弦绝矢尽，力战而亡。西晋守军溃败而逃。储有粮草数百万石的汧城也被重兵包围。危急关头，职位卑微的汧督马敦奋勇御敌，经过殊死搏斗，终于保住了城池与粮草。然而马敦却遭到雍州从事的忌恨，被诬下狱，忧愤而卒。诔文概述了周处战死的经过及晋兵的败状，详细描绘了汧城将士在马敦率领下奋起御敌的悲壮情景，塑造了一位智勇双全的义士形象，表达了作者对“功存汧城，身死汧狱”的马敦的敬意和深切同情。同时对当时官场混浊、官吏昏庸无能的状况予以讽刺和鞭挞。潘岳与作品主人公马敦素无交往，纯粹出于义愤和对死难者的同情写下了这篇感人肺腑的诔文。其风格与潘岳其他诔文的凄婉哀艳明显不同，笔力刚健，语言明快有力，受到后世广泛赞誉。

2. 善于描摹战争场面的陈寿《三国志》

西晋散文除上述潘陆等人的骈文外，尚有晋初陈寿的历史著作《三国志》值得重视。《三国志》与《史记》、《汉书》、《后汉书》被史学家并列称为前四史。作者陈寿（233—297），字承祚，巴西安汉（今四川南充）人。在蜀国曾任观阁令史、散骑黄门侍郎等职。入晋后，深受张华器重，举孝廉，任著作郎、治书侍御史等职。所著《三国志》力求从历史事实出发，对历史人物作出较为客观公正的评价。从文学角度看，《三国志》中的文章较为简略，与气势磅礴、精美生动的《史记》或行文严谨周密的《汉书》相比，都略显逊色。不过，书中某些篇章描写战争场面，叙述人物关系，运笔生动，也颇富文学色彩。某些人物传记能够刻画出人物的个性，也还不失名家手笔。像《诸葛亮传》选取传主一生中的几个重要事件——“隆中对”、“赤壁之战”、“六出祁山”等予以重笔描绘，基本刻画出诸葛亮谋略过人、忠君为国、鞠躬尽瘁的风范和品格。《华佗传》、《张昭传》、《周瑜传》、《张辽传》等也都以简洁质朴的文笔传达人物个性，颇为动人。

三、书圣王羲之与隐逸之祖陶渊明

短命的西晋王朝统一全国不过四五十年，就在内忧外患之中灭亡。建兴四年（317），匈奴贵族建立的汉国灭西晋。建武元年（317），琅琊王司马睿（晋元帝）在建康（今江苏南京）重建晋朝，历十一帝，史称东晋。东晋文坛仍盛行骈文，但有少数作家沿用散文，或骈散相间的文体写作，取得了优异的成绩，前期如王羲之，后期如陶渊明。

1. 笔势飘逸、饶富情致的王羲之散文

王羲之（303—361），字逸少，祖籍琅琊，后迁会稽（今浙江绍兴）人。出身贵族。初为秘书郎，征西将军庾亮引为参军，累迁长史。后任护军将军、右军将军、会稽内史等职，故人称“王右军”。晚年辞官归里，放情山水，以弋钓自娱，有《王右军集》。

王羲之是我国书法史上最负盛名的书法家。他的书法博采众长，推陈出新，一变汉魏以来的古朴书风，而成为妍美流利的新体。其笔势飘逸多变，被人视为飘若浮云，矫若游龙，为古今第一，受到历代学书者的崇尚，影响极大。同时，王羲之还具有较深的文学造诣，但文名为书名所掩，较少为人重视，他的《兰亭

集序》是我国散文史上不可多得的优秀作品，一向脍炙人口。353年，王羲之和谢安、孙绰等41位文士名流会于会稽山阴的兰亭。这是一次规模较大的文人集会。与会者畅饮赋诗，各抒怀抱。事后结集成册，王羲之为之作序。序文记述了当时宴集的盛况，并即事抒情，对人事聚散无常，人生年寿不永发出深沉的喟叹，情绪较为低沉，当时知识分子的精神面貌于此可见一斑。但该文文笔清新疏朗，情韵绵邈，是一篇难得的记事抒情散文。试看篇首一段情景交融之作：

> 永和元年，岁在癸丑，暮春之初，会于会稽山阴之兰亭，修禊事也。群贤毕至，少长咸集。此地有崇山峻岭，茂林修竹，又有清流激湍，映带左右。引以为流畅曲水，列坐其次，虽无丝竹管弦之盛，一觞一咏，亦足以畅叙幽情。是日也，天朗气清，惠风和畅，仰观宇宙之大，俯察品类之盛，所以游目骋怀，足以极视听之娱，信可乐也。

文中所言“修禊”，是古代民俗于农历三月上旬的巳日（魏以后固定为三月初三），到水边嬉游采兰，以驱除不祥。文章诗情画意，绘声绘色，行文不带魏晋以来盛行的排偶习气，体现了其明丽洒脱、风神摇曳的文风。

2. 自然淡泊而内容丰腴的陶渊明散文

东晋末年崛起于文坛的大文学家陶渊明，别开生面，独树一帜，在诗歌、辞赋和散文创作方面都取得了很高的艺术成就。

陶渊明（365或372或376—427），一名潜，字元亮，浔阳柴桑（今江西九江西南）人，出身于没落的仕宦家庭。父亲早死，家境贫寒。29 岁时开始出来做官，以便养家糊口。义熙元年（405）八月，出任彭泽县令，在官八十余日，终因“质性自然”，不肯“为五斗米折腰”，于十一月辞官归隐。又不幸家遭大火，宅舍尽焚，生活陷于极度贫困，以至饥寒而乞食。但这并未动摇他归隐不仕的决心。宋文帝元嘉四年（427）冬天，终于在贫病交加中去世。后人辑其遗文为《陶渊明集》。

陶渊明今存散文不多，影响却很深远。他的文章如同他的诗作，自然淡泊而内涵丰腴。在内容上一扫魏晋间玄学佛理的缥缈虚幻，代之以山水田园、人情物态的清新淳朴，也与嵇康、阮籍压郁愤懑的文风不同，崇尚率真超脱。在形式上，与潘岳、陆机以来盛行的崇尚骈词俪句、追求绮丽藻饰的文风判然有别，而是以明白省净、恬淡优美见长，如作为作家自身形象鲜明写照的《五柳先生传》，文笔简洁流畅：

> 先生不知何许人也，亦不详其姓氏，宅边有五柳树，因以为号焉。闲静少言，不慕荣利。好读书，不求甚解；每有会意，便欣然忘食。性嗜酒，家贫不能常得。亲旧知其如此，或置酒而招之。造饮辄尽，期在必醉，既醉而退，曾不吝情去留。环堵萧然，不蔽风日，短褐穿结，箪瓢屡空，晏如也。常著文章自娱，颇示己志。忘怀得失，以此自终。

文章情味隽永，寥寥百味字，一位安贫乐道，不拘礼法，在日常生活中自得其乐的知识分子典型形象便呼之欲出了。《归去来兮辞》是他告别官场、归隐山林的一篇宣言，被北宋文坛领袖欧阳修誉为“晋无文章，唯陶渊明《归去来兮辞》一篇而已”。赋前序文简述了自己出任小官的经过，阐明自己本性自然，不能造作勉强；饥冻虽关紧要，但违反自己本性也非常痛苦的耿介性格。加上“程氏妹丧于武昌，情在骏奔”，于是“自免去职”。语言朴素，辞约意丰，也是一篇难得的散文佳作。

陶渊明的《桃花源记》是中国散文史上最负盛名的散文佳作之一，享誉千古。文章以一渔人偶入桃花源的见闻为线索，形象生动地描写了一个没有君主，没有剥削，共同劳动，和睦相处的理想社会。其中，“芳草鲜美，落英缤纷”，“土地平旷，屋舍俨然”，“阡陌交通，鸡犬相闻”，“黄发垂髫，并怡然自乐”。这个人人平等、民风淳朴、气氛融洽的“世外桃源”与黑暗的社会现实形成鲜明的对比，是动乱年代人们的精神寄托，在一定程度上表达了当时人民渴望安定幸福生活的美好愿望，也是对当时你争我夺、战乱频仍、污浊不堪的黑暗社会的一种否定。同时反映了陶渊明在思想上接受了阮籍、嵇康等思想家的无君论思想，以为小国寡民，返璞归真才是人民的唯一出路。全文文笔简洁凝练，语言自然。虽然情节简单，却引人入胜。

陶渊明自然淡泊、明白省净的散文，在骈文充斥的魏晋六朝如同空谷足音。可惜他的文学成就在当时未能受到世人的足够重视。陶渊明逝世后，南朝继续蔓延着涂绘藻饰、雕缋满眼的文风。

四、骈文的成熟定型

420年，刘裕代晋称帝，史称刘宋。于此同时，北方鲜卑族拓跋氏建立的北魏政权逐步征服了北方地区，并于439年统一北方，形成了南北对峙的局面。从420年至589年隋文帝统一全国，这就是中国历史上所谓南北朝时期。南朝政权历经宋、齐、梁、陈四个朝代。由于东晋以来人口大量南移，南方地区长期处于相对安定的环境，加上民族生活习惯、生产水平和文化程度的差异，南方经济得到较为迅速的发展，文学创作活动也比较活跃，其诗、文、小说创作方面的成就都在中国文学史上有着极其重要的地位。

1. 骈文成熟的标志

南朝时代，伴随社会经济的繁荣，审美意识和文学观念也在发展变化。由于文学进一步独立和文学创作自觉性的进一步增强，文学形式和文学技巧诸要素的日趋完善，骈体文历西晋而至南朝，经过历代作家不懈的努力和探索，到齐永明以后，已完全定型成熟。其成熟的标志首先表现在作家们写作时自觉追求声律的和谐。齐永明时期出现的声律论，是从汉语语言现象中总结出的规律，为使文学语言具有音乐性，即适用于诗歌，也适用于骈文。作家们把这种理论自觉运用于骈文的写作，开始分辨清浊四声，以便调节作品的音调，使其平仄配合，音韵铿锵，句式愈趋整齐。对偶本是汉文学中特有的修辞方法，东汉文章即有骈偶倾句，到齐永明时期，作家们在骈俪对偶中更进一步发展为正对、反对、言对、事对等名目，字句也多采用四字、六字排比或间隔交错，参以三、五、杂言的方法，以追求行文节奏的铿锵顿挫，使行文在整齐规范中有所变化，疏朗而不板滞，所谓“骈四”、“俪六”，故骈文又称为“四六文”。极力追求隶事用典是南朝骈文的又一特点。许多作家在文章中大量使用典故，远远超过前代作家。当然为保证用典工巧，对偶规整，声律和谐，就必须在辞藻运用上下大功夫。所以“用词”、“用事”、“对偶”、“声律”便构成骈文形式美的四要素。这些要素的介入，在一定程度上促进了文学观念的更新和文学创作的发展，使骈文在南朝齐梁时代出现繁荣兴盛的局面。时尚所趋，不仅抒情散文，几乎所有的文章都骈偶化，包括各种论说、传记、政府文告和私人函件，莫不骈四俪六。堪称名家如林，佳作纷呈。其中最具代表性的作家有鲍照、江淹、孔稚珪、刘峻、丘迟、陶弘景、吴均、徐陵等。

2. 俊逸雄浑的鲍照散文

鲍照（约414—466），字明远，东海（今山东郯城）人。宋文帝元嘉十六年（439），20多岁的鲍照为谋求官职，拜谒临川王刘义庆，获得赏识，被任为国侍郎。后又出任过中书舍人、秣陵令等小官。孝武帝大明五年（461），成为临海王刘子顼的幕僚，并曾担任刑狱参军等职。宋孝武帝死后，宋明帝刘彧杀前废帝自立，刘子顼与晋安王刘子勋起兵反对，刘子顼兵败被赐死，鲍照亦为乱军所害。后人辑其诗文为《鲍参军集》。鲍照出身寒门，尽管才华出众，却一生沉沦下僚，郁郁不得其志。但他的文学成就卓越，生前即享有盛名。除诗、赋外，骈文创作成就亦斐然可观。其代表作首推《登大雷岸与妹书》。这是写给其妹鲍令晖的一篇家书，叙述了作者的旅途之苦和沿途所见山川景色。文章吸取了汉赋铺陈夸张的写作手法，描摹细致，而又能熔铸作者的感情于写景绘形之中。字句骈散相间，笔力雄深豪健，文气跳跃跌宕，词采瑰丽优美，兼有骈散两种文体之美。其中描绘长江的片断，极尽铺张扬厉，将汹涌澎湃的波涛，以雷霆万钧之力，冲击河岸，冲翻山岭，把山谷洗刷一空，把捣衣石击得粉碎的场面刻画得淋漓尽致。读来令人触目惊心，叹为观止。此外，鲍照的《石帆铭》和《瓜步山楬文》也很值得一读。前者笔力雄浑朴茂，异于流行文风；后者在模山范水中对凭借家世窃居要职的豪门权贵予以嘲讽。

3. 气格高迈的江淹散文

与鲍照齐名的江淹（444—505），字文通，济阳考城（今河南民权东北）人。曾历仕宋、齐、梁三个朝代。早年仕途很不得志，一度被陷害入狱。后来依附齐高帝萧道成和梁武帝萧衍，官运亨通，晚年被封为醴陵伯。江淹的文章多属应用文字，以《狱中上建平王书》、《报袁叔明书》、《与交友论隐书》最为著名。其中《狱中上建平王书》是申诉自己的怨愤之作，骈俪之中杂以单行散体，不追求浓艳的辞藻，气格高出时辈。此外，他的《袁友人传》是悼念好友袁炳之作，纯用散体，也很有艺术感染力。

4. 尖刻泼辣的孔稚珪散文

齐代孔稚珪的《北山移文》一向被公认为骈文杰作。孔稚珪（447—501），字德璋，会稽山阴（今浙江绍兴）人。刘宋时，曾任尚书殿中郎。齐代任御史中丞、太子詹事等职。死后追赠金紫

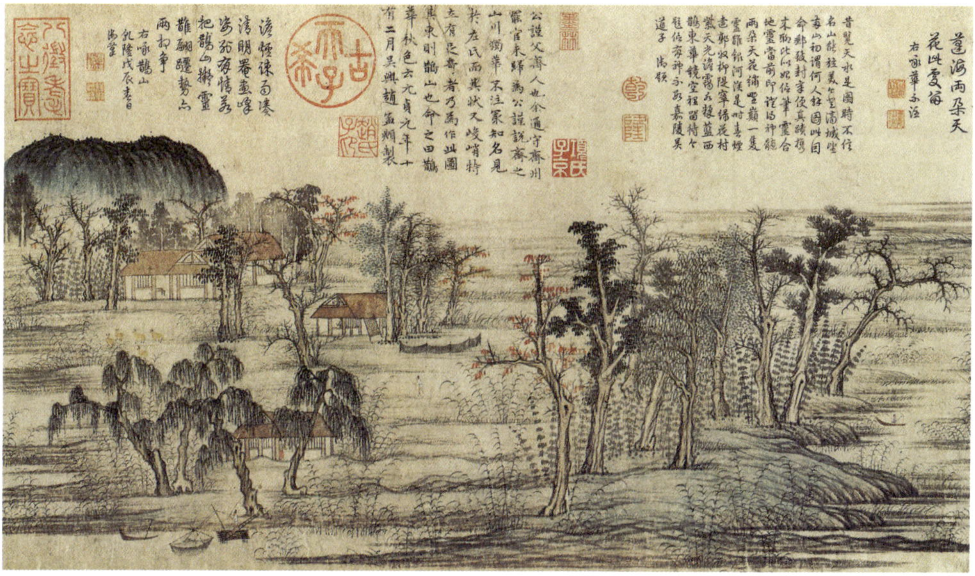

鹊华秋色图（局部）（元・赵孟頫）

山居图（局部）（元·钱选）

光禄大夫。所作文章在当时享有盛名，其最著名的作品即是《北山移文》。北山，即文中的钟山，今南京紫金山。移文，官府文书的一种，指官吏平等往来的书札。当时的大名士周颙故作高蹈而又醉心功名利禄，他先是隐居钟山，后应诏出为海盐（今属浙江）令。秩满入京，欲经过钟山，孔稚珪于是写了这篇文章来讽刺他。文章以拟人化手法，借“钟山之英，草堂之灵”之口，对周颙这个欺世盗名的假隐士口诛笔伐。而类似周颙这种借隐居以沽名钓誉、表里不一、言行不符的情况，自两晋以来相当普遍。所以文章矛头所指，并不限于周颙个人，而是对类似周颙的一帮趋名逐利的士大夫文人予以讽刺。文笔活泼，构思精巧，对北山的草木山水有深入细致的描绘，并且让山林草木都表露出嬉笑怒骂的神情，尖刻泼辣，尽情调侃讽刺了伪君子、假名士的嘴脸。

5. 针砭时弊的刘峻散文

刘峻的《辨命论》和《广绝交论》也是南朝骈文中难得的佳作。刘峻（462—521），字孝标，平原（今属山东）人。幼时被人掠卖，数次迁徙，寄人篱下。但他勤奋好学，自课读书，常常通宵达旦，当时人称他为“书淫”。曾为《世说新语》作注，收集材料颇为宏富，受到历代学者的重视。一生仕途坎坷，很不得志。死后门人谥为“玄静先生”。他的文章在南朝作家中独树一帜。其基本特色是为文能直抒胸臆，发表内心的真情实感，敢于针砭时弊。其《辨命论》论证人的贵贱穷通皆由天命决定，既非人事，也不是鬼神所能影响的。文章列举了诸多历史上行善得祸，行恶反而得福的实例，指出：“为善一，为恶均，而祸福异其流，废兴殊其迹，荡荡上帝，岂如是乎？”其实作者并不相信上帝的存在，而只是某些不可知的偶然因素影响决定了人们各自的命运。这种观点显然反映了封建社会中处于中下层的士大夫知识分子长期遭受官场压抑而又无可奈何的怨愤之情。其《广绝交论》则对南朝士大夫们的人情世态作了无情的暴露和抨击。刘峻在梁初深受当时的大文学家任昉的赏识。任昉死后，其子生活贫困，当年的友人却很少给予照顾，作者对此愤而不平，《广绝交论》即缘此而发。文章将世上不可信赖的友谊分为五种，即“势交”（依附有权势者）、“贿交”（趋奉有钱人）、“谈交”（结交有名气的人以祈求声誉）、“穷交”（彼此不得志时互相利用，一旦得志便变换嘴脸忘了交情）、“量交”（考虑和对方结交，可以得到好处）。作者论证这五种结交的动机都是缘于私利，而不是真正的友谊，并对这虚伪的“五交”一一作了绘声绘色的描绘。文章因事触类，引发深邃的思考，笔锋所指，显然已不仅仅局限于任昉生前的那几个友人，而是对当时整个封建社会士大夫阶层的心理状态和道德风貌作了深刻的揭露和鞭挞，成为南朝骈文中比较出类拔萃的作品。

6. 清新明丽的丘迟散文

以一篇书信而使叛徒回心转意的丘迟在南朝骈文史上占有特殊的地位。丘迟（464—508），字希范，吴兴乌程（今浙江湖州）人。聪敏早慧，在南齐时人萧衍幕为主簿。萧衍代齐建梁后，被任为散骑侍郎、中书侍郎。后出为永嘉太守，又内迁为中书郎、司空从事中郎。后人辑其遗文为《丘司空集》。他的骈文以《与陈伯之书》最为著名。此文作于梁天监四年（505）。陈伯之本为齐将，萧衍起兵时招降了他。天监元年（502），陈偏听离间之词，率部投降北魏，为平南将军。天监四年临川王萧宏率军北伐，陈伯之领兵相抗。萧宏命丘迟私与陈伯之劝降书，丘迟于是写了这封著名的书信。信中首先斥责陈伯之不明大义投降敌人；继而申明梁朝宽大为怀，既往不咎，劝他归降；最后指出梁军压境陈伯之处境的危险，从双方军力的对比中为其指明前途。全文既动之以情，又喻之以理，责以大义，晓以利害，义正词严而又娓娓动听。尤其是最后“暮春三月，江南草长，杂花生树，群莺乱飞”一段，以江南美景唤起陈伯之的故国之思，写得清新明丽，情景交融，成为千古绝唱。陈伯之接到这封书信以后，率部归降梁朝。这封信也以其独到的政治作用和文学影响而使丘迟在骈文史上获得一席之地。

7. 山中宰相陶弘景和书信妙手吴均

东晋以后，江南经济得到迅速发展，士大夫们营造了不少园林别墅，终日徜徉于林泉之间，醉心于自然山水中寻求人生哲理，领悟自然之道。同时由于南朝骈赋和骈文的逐渐合流，骈文借鉴骈赋铺陈渲染、善于描写景物的特长，因而出现了不少模山范水的小品。其中最著名的作品当属陶弘景的《答谢中书书》和吴均的《与朱元思书》、《与顾章书》等。陶弘景（456—536），字通明，丹阳秣陵（今江苏南京）人。梁武帝萧衍早年曾和他交游，即皇位后经常向他咨询国家大事。时人因号“山中宰相”。他的《答谢中书书》将湖光山色之美描绘得穷形尽相。

山川之美，古来共谈。高峰入云，清流见底。两岸石壁，五色交辉；青林翠竹，四时俱备。晓雾将歇，猿鸟乱鸣；夕阳欲颓，沉鳞竞跃。实是欲界之仙都。自康乐以来，未复有能与其奇者。

文章在山水描写中突出四时苍翠欲滴的林竹，清晨猿鸟的啼叫，傍晚沉鱼的腾跃，使得湖光山色之美静中有动，极富诗情画意。吴均（469—520），字叔庠，吴兴故鄣（今浙江安吉县）人。他“文体清拔有古气”，在当时颇有影响，时号“吴均体”。他很善于用骈文写书信，今存《与施从事书》、《与顾章书》、《与朱元思书》俱以写景见长。如“绝壁于天，孤峰入汉；绿嶂百重，青川万转”、“森壁争霞，孤峰限日；幽岫含云，深溪蓄翠”、“风烟俱净，天山共色；从流飘荡，任意东西”，皆以白描为主，不追求辞藻典故，文笔清丽，韵味隽永，在六朝写景骈文中是难得的清新之作。

8. 绮艳精工的徐陵散文

南朝最后一位骈文大家是徐陵。徐陵（507—583），字孝穆，东海郯（今山东郯城）人。早年即以诗文闻名，随其父徐摛在萧纲幕下任职。梁武帝时奉命出使东魏，被迫留在邺城达七年之久。直到西魏攻克江陵，杀死梁元帝萧绎后，才随梁宗室萧渊明回到南方。陈武帝代梁自立，他又入陈任职，颇受礼遇。自梁末至陈代，不少公文都出自他的笔下。所作文章以辞藻华美、音节和谐在当时享有盛誉。他编选的东周至梁代诗歌总集《玉台新咏》，流传至今，影响很大。《玉台新咏序》即是一篇广为传诵的骈文，绮艳精工，准确体现了骈文五色相宣、八音迭奏的特色，是梁陈宫体散文中最为整齐、规范、艳丽，最讲声律的名作。他最优秀的作品当属羁留北齐时所写的一些书信。如《与齐尚书仆射杨遵彦书》以严正的口吻驳斥了北宋扣留他的八条理由，深切透辟，感情激越。末段“岁月如流，平生何几？晨看旅雁，心赴江淮；昏望牵牛，情驰扬越。朝千悲而下泣，夕万绪以回肠，不自知其为生，不自知其为死也”，深情凄怆，声泪俱下，有很强的艺术感染力。

五、北朝散文掠影

自439年，鲜卑族拓跋氏统一北方，历经北魏、东魏、西魏、北齐、北周等政权，史称北朝。由于社会经济和文化传统与南朝相差甚远，除民歌以外，北朝在很长一段时期内几乎没有什么文学创作可言。直到北魏孝文帝元宏即位（471），鲜卑贵族为了维护自己的统治，迫不得已任用一些汉族士大夫，并逐渐接受汉文化的熏陶。但由于长年战乱，文学传统几乎中断，北方文人在进行诗文创作时不得不模仿南方文人。至西魏末年攻破江陵，梁代著名作家庾信等人来到长安。一时北周文人群起仿效，文坛才稍见起色。

1. 凌云健笔“庾开府”

庾信（513—581），字子山，祖籍南阳新野（今属河南）。梁元帝时奉命出使西魏，到达长安不久，西魏攻克江陵，杀梁元帝。庾信被迫留在长安，历仕西魏、北周，官至骠骑大将军开府仪同三司，故又称“庾开府”。后人辑其遗文为《庾子山集》。

庾信是南北朝骈文大家，与徐陵齐名。他的文章讲究对仗和大量用典，能够极为纯熟地驾驭“骈四俪六”的语言格式，与徐陵有相似之处。但他的创作成就尚在徐陵之上。这既得力于他在南方时期已经非常熟练地掌握了骈文的写作技巧，更与他到北方以后屡逢战乱，侨居异国，身受背井离乡之苦有关。故其为文饱含感情，苍凉悲愤，笔力雄健。最为人传诵的是他作于晚年的《哀江南赋序》。文中所写多为亲身经历、亲见亲闻、感受极深的人生体验。作者生活在异国他乡，虽位高禄厚，却时刻怀念南方故国，长期郁结胸中，一吐为快，所以文中所用典故都较为贴切，对自己屈仕北周的失节行为深感内疚。其中“日暮途远，人间何世？将军一去，大树飘零；壮士不还，寒风萧瑟”等描写，十分深刻地表述了作者羁留北国的悲愤和感怀今昔，思恋故土的眷念之情。文字典雅，句式整齐，个别文句虽不免有晦涩难明之嫌，但读者并不难理解作者的悲哀之情，并为其所感动。正是由于庾信能够融合南北文风，铸清新、绮丽、雄浑、刚健于一炉，凌云健笔，意态纵横，声情并茂，属对精工，既无柔靡粗鄙旧习，又不流于板滞拗硬，被后人视为独有千古，南北朝骈文创作的第一大家。

2. 山水游记的滥觞《水经注》

北朝的骈文虽不足以同南朝相媲美，但北朝产生了几部颇具影响的地理、历史著作和杂著，如《水经注》、《洛阳伽蓝记》和《颜氏家训》等，它们多用散体文写成，有很高的文学价值，可视为北朝散文的杰出代表。

所谓《水经注》，顾名思义是为《水经》所注。《水经》是中国第一部记述河道水系的专门著作，以水道为纲，系统地记述了 137 条水道的源流和流经之地。作者据传为汉代桑钦，但也有人认为是三国时人作。《水经》内容简略，文字枯燥。《水经注》以《水经》为纲，作了 20 倍原书的注释，实际上另成专著。作者郦道元，字善长，北魏范阳涿（今河北涿州市）人，生年不详。曾任北魏政府的东荆州刺史、御史中尉等职，执法峻刻。后为关右大使，527 年被雍州刺史派人刺杀。平生好学，博览群书，并注重地理考察。所作《水经注》记述大小水道一千余条，详细描绘了所经地区山陵、城邑建筑、人物故事、名胜古迹、地理沿革、风土人情、土特名产乃至神话传说。既有作者亲自调查、亲见亲闻的笔录，又有博览前人著述，详为考订、加工润色、荟萃而成的一家之言。叙事写物，简明生动，文笔绚丽，在山水景物描写方面，取得了较高成就。其中最为著名的是《江水注》对三峡的描写和《河水注》对龙门的描写。对三峡，作者重点描绘其雄浑奇险，对长江三峡各种雄奇、幽邃、秀媚的景色作了绘声绘色、生机勃勃的描绘。朝发白帝，暮到江陵。时令不同，形态各异，春冬之时，素湍绿潭，回清倒影；晴初霜旦，则高猿长啸，林寒涧肃。对龙门，作者突出描写其“崩浪万寻，悬流千丈，浑洪赑怒，鼓若山腾”的惊心动魄之势。作品以不同风格的语言，表达出不同性格的山水，使得人们可以窥见祖国大好河山的优美壮丽的景观，也对后世如李白描绘山水的诗歌、柳宗元、苏轼等人的山水游记产生了很大影响。

3.《洛阳伽蓝记》与北魏王朝的兴衰

《洛阳伽蓝记》也是一部地理名著。作者为东魏杨衒之，北平（今河北省满城）人。生卒年不详。曾官奉朝请、抚军府司马、秘书监等职。东魏之前的北魏王朝时代，统治阶级普遍崇信佛教。几代帝王在洛阳城内外大量兴建佛教寺庙，豪华壮丽，世所罕见。北魏末年发生永熙之乱，洛阳城千余座寺庙大半毁于兵火。乱后十余年，杨衒之因公重游洛阳，捃拾旧闻，追叙故迹，写下了这部《洛阳伽蓝记》。“伽蓝”是梵语“僧伽蓝摩”的简称，也即寺庙之意。该书以北魏建都洛阳40年所造著名佛寺为纲目，兼及相关的宫殿、邸宅、园林、佛塔、塑像等。重点记述了北魏时期政治、人物、风俗、地理及传闻掌故等。与《水经注》相类似，它同时也是一部成就很高的散文作品。主要表现在作者能以生花妙笔，精致地描绘各种建筑的不同风姿，对某些集建筑、雕塑、绘画、装饰多种艺术于一体的文物群，能够根据历史的兴废变迁和地理位置的不同方位，作出由远及近、由大到小、由主及次的清晰描绘，或宏伟壮丽，或优美精致，绘声绘色，曲尽其妙，标志着中国散文在写景状物方面的艺术水平有了新的进展。《洛阳伽蓝记》在记述佛寺兴衰的同时，还连带叙及有关的人物和历史事件，如元魏皇室的变乱，诸王的废立、权臣的专横、宦官恣肆等。北魏后期政治上的一些重大事件，叙述周详，重点突出，刀光剑影，惊心动魄，使人有身临其境之感。尤其值得珍视的是，作者熟谙当时掌故，书中有关历史古迹、风土人情、文坛逸事的记载，足以开阔读者视野，读来生动有趣，令人捧腹。《王子坊》一节记胡太后时国家殷富，赐百官负绢，任意自取，朝臣莫不量力而负，唯独元融与陈留侯李崇贪得无厌，负绢过重，摔伤脚踝。太后即不与之，令其空出，受到时人嘲笑。这些都写得入木三分，形象生动。此类奇文妙笔，往往独立成篇，既可作为游记来读，亦可作为小说欣赏。对后世传奇文学的发展有一定启示。在语言上，叙事主要使用散体文，而形容描写则往往夹杂骈偶，洁净秀丽，形象生动，显示了作者高超的驾驭语言的能力。

4. 劝诫名著《颜氏家训》

成书于隋初的《颜氏家训》一般也作为北朝散文予以介绍。作者颜之推（531—约590以后），字介，琅琊临沂（今属山东）人。仕梁朝为左常侍、散骑侍郎等职。梁灭亡后，率家人逃至北齐，官黄门侍郎、平原太守。此后在北周和隋也做过官。颜氏一生历仕四朝，深知南北政治俗尚的弊端，沿悉南北学风之短长，加上他勤奋好学，博览群书，颇有心得。晚年著《颜氏家训》20篇，主要是以传统儒家思想教育子弟，讲述如何修身、治家、处世、治学等。但此书涉及的范围十分广泛，举凡佛教的流行、玄风的炽烈、北方土语的传播、音韵训诂的辨析等，无不在其采摭之列。作者往往根据亲身经历见闻，以事实为依据对子孙进行富有说服力的告诫。如《涉务》篇提倡致力于实际事务，反对空谈高论，对魏晋以来崇尚空谈的虚浮柔弱之风作了深刻的揭露和批判。作品以建康令王复为例，此人性格愚昧怯懦，从未骑过马，见到马嘶胆战心惊，竟然说："正是虎，何故名为马乎？"类似这样的故事很有代表性和说服力。作者的沉痛愤懑之情也通过白描式的语言得以与读者产生共鸣。《文章》篇专论他对文学的主张，对某些作家表现出近乎苛刻的批评，在文学批评史上有较为重要的地位。从创作角度来看，《颜氏家训》是以说理为主，每篇一题，围绕一个中心，综合多则的随笔。其写作方法往往首先提出主要论点，而后以形象具体的故事为例证，使人印象深刻。语言方面通俗平易，文风平实舒畅，在南北朝文学史上别具一格。

第四章　复古与创新的隋唐五代：中国散文发展的高峰时期

源远流长的中国文学发展到隋唐五代时期，开始进入一个全面繁荣的阶段。整个文坛呈现出姹紫嫣红、百花齐放的可喜局面。这个时期的文章，一方面扬六朝余波，有为数可观、讲究词采的骈文；另一方面又革六朝旧习，倡导散行流畅的古文，开辟了宋元以后散体文的发展道路。尤其是经过中唐时期韩愈、柳宗元领导的古文运动的推动，产生了一大批浑浩流转、雄深雅健的论说、传记、游记、寓言等散文佳作，影响深远。清代人编《全隋文》，收文 680 余篇，《全唐文》收文 18400 余篇。加上后人所辑《补遗》、《续拾》数十卷及近百年来陆续出土的碑志等散佚文章，隋唐五代文章之富，可谓洋洋大观。

一、精美雅洁的唐五代骈文

581 年，杨坚灭北周称帝，国号隋。589 年，又南下灭陈，统一了全国，结束了自东晋以来长达 270 余年的南北分裂局面。隋文帝杨坚对当时流行的骈俪文风深为不满。古文运动的先驱李谔也上书请正文体，从崇尚实用的观点出发抨击齐梁文风“遗理存异，寻虚逐微，竞一韵之奇，争一字之巧。连篇累牍，不出月露之形；积案盈箱，唯是风月之状”。然而六朝以来绮靡浮艳文风积重难返，仅凭一两人的疾呼和文帝一纸诏令，很难奏效。加上文帝死后继位的隋炀帝杨广是个有名的浪子和暴君，醉心于南朝的豪华奢靡，并且崇拜南朝宫廷文学，致使靡丽文风，延续至唐代而不衰。

618 年，唐高祖李渊自立为帝，建立唐王朝。唐初仍沿袭六朝余绪，盛行骈体文。但总体而言，唐代骈文与齐梁骈文过于华饰有所不同，某些杰出作品思想雅正，用典平易，语言雅洁，风骨有力。自初唐四杰王勃、杨炯、卢照邻、骆宾王开始，在词采富赡中寓灵活生动之气，和古文有渐相接近之势。至中唐骈文名家陆贽，不受骈俪拘束，自由发挥政论，颇能切合实用。其他如盛唐时期的张说、苏颋，晚唐的李商隐，唐末五代的欧阳炯等，都是写作骈文的好手，创作出某些在今天看来仍具有较高文学价值和艺术成就的优秀作品。

1. 年少有为的初唐四杰

初唐四杰齐名，原是诗文并称。他们的文章无论抒情、说理或叙事，都能运笔如舌，挥洒自如，气韵生动，清新俊逸。像王勃的《滕王阁序》和骆宾王的《代李敬业传檄天下文》都是流传广泛的骈文名作。王勃（649 或 650—676），字子安，绛州龙门（今山西河津县）人。才华早露，被誉为神童。进入仕途后，两次因事废官，一生沉郁下僚。死时年仅 28 岁。逝世前数月，王勃南下赴交趾探视其父，路过洪州（今江西南昌市），适逢洪州都督在滕王阁上大宴宾客，来宾都即席赋诗。王勃当场写成《秋日登洪府滕王阁饯别序》（今皆简称为《滕王阁序》），文不加点，顷刻而成，满座宾客无不惊讶赞叹，一时广为传诵。此文以铺叙的手法精致地描绘了滕王阁的雄伟壮观和阁上所见优美的山川风景，以及当时宾客云集的盛况，篇末流露出羁旅之情和怀才不遇，无路请缨的感慨。通篇对仗工整，词采精丽，境界开阔，气势奔放。文中有很多为后人传诵的名句，如“落霞与孤鹜齐飞，秋水共长天一色”，“老当益壮，宁移白首之心；穷且益坚，不坠青云之志”等。此外，王勃的论说文《上吏部裴侍郎启》和抒情文《晚秋入洛于毕公宅别道王宴序》也堪称名篇杰作，有一定影响。“四杰”中的另一重要作家骆宾王（约638—684），婺州义乌（今属浙江）人。7岁能诗，有“神童”之称。早年贫困落拓，后任奉礼郎，兼东台详正学士。因事被谪，从军西域，久戍边疆。调露二年（680），出任临海县丞，故后世称骆临海。光宅元年（684），武则天废唐中宗李显，准备改唐为周。同年九月，扬州大都督李敬业等人起兵声讨武则天，骆宾王即赴扬州，参加李敬业军，任艺文令。他起草的《代李敬业传檄天下文》，震动朝野。文章以封建时代的忠义大节为理论依据，号召人们起来反对正在筹建中的武周王朝，气势充沛，笔端富有感情，很有煽动作用。其中“一抔之土未干，六尺之孤安在”两句，颇能激起唐朝元老旧臣对故主的思念。据说武则天读到这两句，也瞿然为之动容，不仅没有追究骆宾王的罪责，反而责怪宰相不该埋没此等人才。檄文结尾“试看今日之域中，竟是谁家之天下”，也被后人广为征引。此外，骆宾王的《与博昌父老书》也是一篇优美的抒情作品。

2. “燕许大手笔”——张说、苏颋

从唐中宗李显，历经武则天称周，再到中宗复位，直至唐玄宗李隆基的所谓开元盛世，大约 70 年间，唐代骈文进一步形成宽博宏伟、宗经典重之风。代表作家即是所谓“燕许大手笔”的张说与苏颋。张说（667—731），字道济，一字说之。原籍河东（今山西永济），后徙居洛阳。武则天初称帝，亲策贤良方正，张说对策第一。授太子校书郎。玄宗时拜中书令，封燕国公。历任兵部尚书、中书令、右丞相、左丞相等职，有《张燕公集》25 卷。张说三次为相，执掌文学之任凡 30 年。于玄宗朝倡导开馆置学士，广引知名人士，奖掖后进，为开元前期一代文宗。他的文章出自胸臆，浑融自然，用典不多，也不追求华词丽句，却不失其雍容典雅，气魄宏阔之态。朝廷凡有大作，多出张说与苏颋之手，天下传诵，号称“燕许大手笔”。他的《谏武后幸三阳宫不时还都疏》三篇，皆为政论名作。尤长碑志，所作《西岳太华山碑铭》、《贞节君碑》、《姚文贞公神道碑》等，或朴茂，或秀丽，不愧名家手笔。苏颋（670—727），字廷硕，京兆武功（今属陕西）人，袭父爵为许国公。玄宗时为中书侍郎。所作文章与张说齐名。朝廷制诰多出其手。代表作有《授张说中书令制》、《太清观钟铭》等。比较而言，苏颋的骈文语言较为拗涩，没有多少新意，其成就似不能与张说相提并论。

3. 奏议名家陆贽

中唐时代，有一位政治家虽不以文学知名，却以其真挚流畅的骈体奏议为当代所称道，并对后代骈散文的发展产生了深远影

响，这就是陆贽。陆贽（754—805），字敬舆，苏州嘉兴（今属浙江）人。历任监察御史、翰林学士、中书侍郎同平章事等职。谥号宣，世称陆宣公。唐德宗建中四年（783），朱泚谋反，陆贽随德宗避居奉天（今陕西乾县），为祠部员外郎，许多诏书，都由陆贽挥毫起草。所写诏书、奏议，善于将诚挚的感情与精当的议论融合在一起，具有很强的艺术感染力。如他在平定朱泚叛乱后于建中五年（784）为德宗起草的《奉天改元大赦制》，写皇帝“长于深宫之中，谙于经国之务，积习易溺，居安忘危。不知稼穑之艰难，不察征戍之劳苦”，坦率恳切，深自痛责，使读者尤其长期遭受压迫的庶民备感亲切真挚。据同时人记载，皇帝诏书始下，虽是叛兵悍将，也无不挥泪激发，乐于听命。陆贽的《奉天请罢琼林大盈二库状》、《奉天论延访朝臣表》、《论浑瑊李晟等诸军兵马不要指授方略状》、《均节赋税恤百姓六条》、《论裴延龄奸蠹书》等奏议多为数千字乃至近万字的政论文，分析朝政时事，剖明是非得失，言事周密详尽，说理深刻精警，委婉曲折，滴水不漏。在语言方面则具有浅近、平淡、朴实、淳厚等特点，基本上不用或少用典故，突破了骈文写作的樊篱，体现了当时骈文向散文转化的趋势。他的这些奏议能够自由发挥议论，切合实用，所以在当时和后世产生了深远的影响。唐朝以后，朝廷制诰和官宦奏章长期通用骈文，恐怕与陆贽奏议的巨大影响不无关系。

4. 情真意切的李商隐散文

中唐时代以韩愈、柳宗元为首的古文运动，轰轰烈烈，成就巨大，但到晚唐五代时期又趋于衰落。骈词俪句，优美精致的骈文反而兴盛起来。最具代表性的作家便是著名诗人李商隐。

李商隐（813—858），字义山，号玉谿生，又号樊南生，怀州河内（今河南沁阳县）人。唐文宗大和三年（829），天平军节度使令狐楚召其入幕，让其子令狐绹与他交游，并亲自指点令狐绹写作骈文。令狐楚病死后，他失去凭依，又入泾原节度使王茂元幕，并娶王氏之女为妻。当时唐王朝内部以牛僧孺和李德裕为首的两大官僚集团的斗争，即所谓“牛李党争”正进入白热化阶段。令狐楚父子属牛党，王茂元则属李党。李商隐处于朋党争斗的夹缝中，本人虽无意于参与其事，却成了斗争的牺牲品，长期遭受排挤，以致仕途偃蹇，潦倒终生。除诗歌外，李商隐以骈体章奏闻名当世，并将自己的文集直接称为《樊南四六》。所作文章并不追求辞藻的华赡，而是以对偶工稳，用事精切，疏密相间，气韵自然见称。代表作有《为濮阳公陈情表》、《奠相国令狐公文》、《重祭外舅司徒公文》、《祭裴氏姊文》、《上河东公启》等，情真意切，委婉动人。最为人称道的是他的《祭小侄女寄寄文》，不用典故，没有奥涩难解之处，突破了骈体形式的束缚，却写得凄婉哀戚，催人泪下。作者的小侄女寄寄在外寄养多年，4岁时回到本家，几个月后却不幸早夭。作者思念至极，痛哭哀号：

尔生四年，方复本族；既复数月，奄然归无。于鞠育而未深，结悲伤而何极！来也何故？去也何缘？……呜呼！荥水之上，檀山之侧，汝乃曾乃祖，松槚森行。伯姑仲姑，冢坟相接。汝来往于此，勿怖勿惊。华彩衣裳，甘香饮食，汝

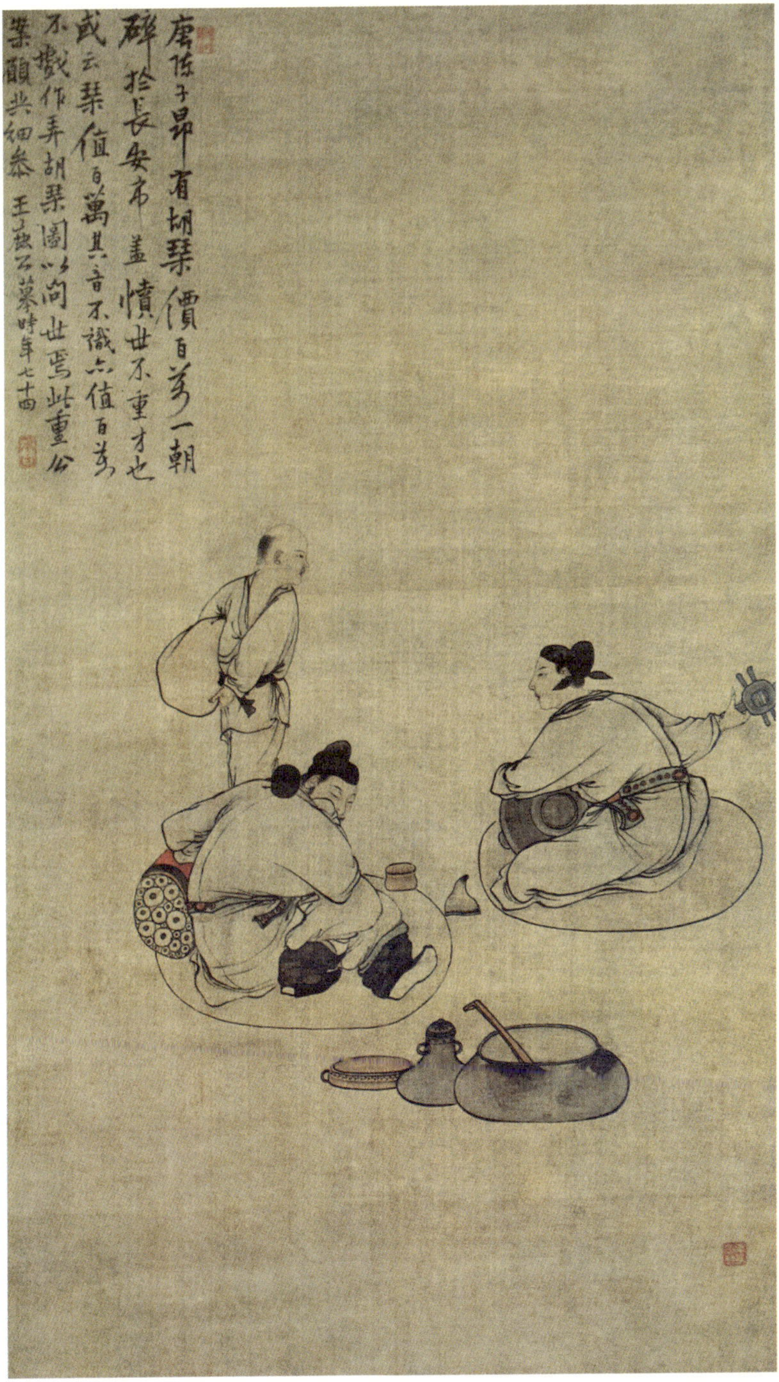

弄胡琴图（清·王树穀）

李白行吟图（南宋·梁楷）

来受此，无少无多。汝伯祭汝，汝父哭汝，哀哀寄寄，汝知之耶？

全文以平常口吻，将小儿琐事絮絮道出，就像孩子活着时那样问寒问暖，赤子之情，爱怜之意，溢于言表，极富艺术感染力。

5. 富艳堂皇的五代骈文

907 年，唐王朝灭亡。其后是五代十国长达五十余年的分裂混战状态。当时北方战争频繁，几无文学可言。南方十国局势相对稳定，出现了众多优秀词人。除词以外，也还有几篇骈文为后人所称道。著名的有韦庄《又玄集序》和欧阳炯《花间集序》。韦庄（约 836—910），唐末进士，后为前蜀宰相。他编了一部唐诗选本《又玄集》，用骈体作的序言对众多作家作品给予简明扼要的评介，提出了自己的文学见解和选录标准。全文典雅瑰丽、富艳精工，确有不俗之处。欧阳炯（约 896—971），为花间派著名词人，在前、后蜀官位甚高。他的《花间集序》是为赵崇祚所编的唐五代词选本《花间集》写的序言，浓墨重彩，华艳绮丽：

杨柳大堤之句，乐府相传；芙蓉曲渚之篇，豪家自制。莫不争高门下，三千玳瑁之簪；竞富樽前，数十珊瑚之树。则有绮筵公子，绣幌佳人，递叶叶之花笺，文抽丽锦，举纤纤之玉指，拍按香檀。不无清绝之辞，用助娇娆之态。自南朝之宫体，扇北里之倡风。何止言之不文，所谓秀而不实。

十分准确地描绘了当时的词风，也正可为这篇序言的风格注脚。

二、“文起八代之衰”的韩愈及其领导的古文运动

1. 古文运动的先驱

唐朝骈体文所取得成就并不能掩盖一般作品写作日益程式化、形式化所带来的内容贫乏、徒具华丽外表的弊端。由于政治、经济的迅速发展，社会生活日益繁复，骈体文语意往往模糊不清的缺陷也日渐显露出来，越来越难以适应现实生活的需要。所以在初唐，已有某些有识之士提出改革文体的要求。唐初名臣魏徵就批评齐梁文风“意浅而繁”，是“亡国之音”。他的奏章也多用散体。作于贞观十一年（637）的《谏太宗十思疏》鉴于当时骄奢淫侈之风渐长，李世民不断索求珍宝，大规模营造宫殿园林等情况，向李世民慷慨陈词，告诫他要“居安思危，戒奢思俭”，否则后果不堪设想。贞观十三年，又上《十渐不克终疏》，直指唐太宗十个方面的行为不及初期谨慎。这些奏章，虽偶杂骈体，但文辞简括，没有堆砌典故、辞藻的旧习，可视为骈文向散文过渡时期的作品。初唐四杰之一的王勃，所作骈文《滕王阁序》传诵一时，已见前文。但他也很反感当时文场“竞为雕刻”，“骨气都尽，刚健不闻”的不良倾向，“思革其弊，用光志业”（杨炯《王勃集序》）。史学家刘知几著《史通》，在《言语》、《叙事》、《模拟》等篇中，也提出“言必近真”，反对“雕彩”、“效颦”的主张。这些理论，都可视为古文运动的先声。在创作方面，除魏徵奏议外，著名诗人陈子昂的政论也都用散文。陈子

昂（659—700），字伯玉，梓州射洪（今属四川）人。24岁时举进士。曾任右拾遗，直言敢谏，曾经一度得到武则天的重视。他是提倡建安风骨，改革诗风的旗手。其诗刚健爽朗，顿挫有力，一扫六朝以来绮靡柔弱的诗风。在文章写作方面，虽然没有见到有改革的言论，但他的政论如《谏用刑书》、《复仇议状》都用古文，风格质朴疏朗，是唐代第一位学习西汉文辞的作家。《新唐书·陈子昂传》说："唐兴，文章承徐庾余风，天下祖尚，子昂始变雅正。"可见陈子昂作为古文运动的先驱是当之无愧的。另外，盛唐时期的两大著名诗人王维和李白也分别写出了《山中与裴秀才迪书》和《春夜宴桃李园序》那样风格隽永、优美精致的散文小品。但其文名为诗名所掩，较少为人注意。

盛唐后期和中唐前期，从天宝年间至唐代宗大历年间，相继出现了一批崇尚复古、谋求革新的作家，可以视为古文运动的酝酿时期。比较著名的作家有萧颖士、李华、元结、独孤及、梁肃、柳冕等。这个时期，唐王朝盛极而衰，藩镇割据，宦官专权，朋党之争相继出现，封建社会内部矛盾错综复杂，危机四伏。基于对时局的清醒认识，一些代表中下层地主阶级利益的士大夫，在政治上积极要求改革弊政，以维护唐王朝的统一；在思想上要求重新确立儒家学说在思想领域的统治地位；在文化方面则要求从宗经明道的观点出发，强调文章的封建教化作用。萧颖士、李华、元结等人正是在恢复古道的旗帜下，大力提倡古文，提出文道并重，尊经重道，取法三代两汉之文等主张，从而为韩愈、柳宗元倡导的古文运动奠定了理论基础。但是他们的理论偏重学习儒经和秦汉时期的政治学术论著，对魏晋以来的文章一概予以排斥。并且他们本人的作品大多带有骈文旧习，在实践上没能创立真正的典范。尽管声嘶力竭，却收效甚微。于是真正在理论和实践上肩负起古文运动的重任，便落在稍后的韩愈、柳宗元身上。

2.“文起八代之衰”的韩愈

韩愈（768—824），字退之，河南河阳（今河南孟县）人。因祖籍昌黎，故世称“韩昌黎”。3岁丧父，由长兄韩会及嫂郑氏抚养成人。自幼刻苦攻读，关心政治。唐德宗贞元八年（792）进士及第。贞元十九年，为监察御史，因上书指斥朝政，请求减免徭役赋税，被贬为阳山令。唐宪宗继位后，召为国子博士，都官员外郎，分司东都。因与宦官、权要不合，仕途一直不得志。元和十二年（817），随宰相裴度征讨淮西藩镇吴元济。淮西平定后，以功升迁到刑部侍郎。一生排斥佛教。宪宗于元和十四年遣使者迎佛骨入宫禁，韩愈上表极力谏阻，几乎被杀。幸得裴度等人相救，被贬为潮州刺史，又移袁州刺史。唐穆宗继位后历任兵部侍郎、吏部侍郎、京兆尹兼御史大夫等显职。有《昌黎先生集》。

韩愈是唐代古文运动的积极倡导者。所谓“古文”是与时文也即骈文相对应的概念。骈文在六朝时代被称为“今体”或“丽词”。至唐柳宗元才在其《乞巧文》中将这种文体称做“骈四俪六，锦心绣口”，简称骈文。而“古文”的概念则是韩愈才正式使用，顾名思义，“古文”即是古代的散文，是奇句单行，与骈文对立，通行于先秦两汉的文体。韩愈有一整套关于古文的理论。第一，在内容与形式的关系方面，他根据传统儒学理论，提出文道合一而以道为主的观点，道是目的，是内容，文是手段和形式，应该用道来充实文的内容。所谓道就是儒家的正统思想，就是孔子的仁义学说。他在《原道》一文中以道统的继承者自居，认为尧、舜、禹、汤、文、武、周公、孔子的道统至孟轲死后失传，因此韩愈立志恢复古道。他曾经反复阐述这一思想，在《答李秀才》一文中说："愈之所志于古者，不惟其辞之好，好其道焉耳。"又说："愈之为古文，岂独取其句读不类于今者耶？思古人而不得见，学古道则欲兼通其辞，通其辞者，本志乎古道者也。"（《题欧阳生哀辞后》）应该看到，韩愈的志在恢复儒家之道，与唐代当时佛老盛行的现实有关，因而在当时具有鲜明的时代色彩和一定的号召力量。第二，古道载于古人之文，尊崇古道就必须提倡古文，正如上文所说"学古道则欲兼通其辞"。所以他提出"非三代两汉之书不敢观，非圣人之志不敢存"（《答李翊书》）的学习标准。除儒家五经外，要广泛学习《庄子》、《史记》、司马相如、扬雄等作家作品。第三，关于学习古文的途径和方法，韩愈主张首先应加强作者的道德修养，并根据孟子的养气学说，提出"行之乎仁义之途，游之乎《诗》、《书》之源"的养气论，认为"根之茂者其实遂，膏之沃者其光晔；仁义之人，其言蔼如也"（《答李翊书》）。也即孔子所谓"有德者必有言"之意。第四，在作品的语言运用上，又特别重视创新，反对模拟。他认为学习古人的文章应该师其意而不师其词，能树立自己的风格而不因循守旧。在《樊绍述墓志铭》中说："惟古于词必己出，降而不能乃剽贼。"并称赞樊氏的文章"必出于己，不蹈袭前人一言一句"，所以他提出了"唯陈言之务去"（《答李翊书》）的著名写作原则。第五，关于“不平则鸣”的创作源泉问题。韩愈认为，文章内容的充实与否与现实生活的土壤息息相关。大凡具有正义感和不满现实的作家，总是遭受程度不同的压抑和迫害，而这样的生活遭际，必然产生各种不平的思想感情，而作家对社会现实的这种不平情绪正是使作品思想性深化的原因。文艺作品愈能表现这种情绪，就愈能反映时代的真实面貌，所以韩愈提出“大凡物不得其平则鸣”，“有不得已者而后言，其歌也有思，其哭也有怀”（《送孟东野序》）等观点，这就突破了文以载道的局限，涉及作家创作的生活源泉问题，比较符合封建时代的创作实际。此外，韩愈还提出文章“无难易，唯其是尔”等精辟见解，认为文章的变化要服从内容的需要。这些理论和见解对于当时的古文运动起了重要的指导作用。

尤为重要的是，韩愈善于将理论与实践相结合。与古文运动的先驱者们理论脱离实际，盲目攻击六朝骈文不同，韩愈不仅有全面、系统且比较科学的古文理论，而且有成功的创作经验。他的优秀古文作品，自古及今，一向为广大读者所喜爱、诵读，具有经久不衰的艺术生命力。韩文的创新精神主要表现在创造了适时通用的文学语言。文学是语言的艺术，语言的成败得失至关重要，韩愈深谙此理。他之所谓古文，并非真正恢复先秦两汉的体制，而是顺应历史语言发展的变化，创造比较接近当时口语，能够深刻反映现实生活的文学语言。古文运动的实质是以复古为革新。所以，韩愈能够把秦汉时代那种堂皇的文字，变为生动活泼、表现力强、逗人喜爱的日常杂文。加之韩文往往针对现实，有为而作，所谓发愤著书，不平则鸣，具有充实、深刻的内容。

因而韩文的艺术魅力历久弥新，宋人苏轼称赞韩愈“文起八代之衰”是毫不过分的。

韩愈现存古文约三百余篇。内容丰富，形式多样，论、说、传、记、颂、赞、书、序、哀辞、祭文、碑志、状、表等各种体裁的作品，都取得了卓越的成就。

议论文在韩文中占有突出的地位。大致可分为三种类型。其一是以明儒道，斥佛老为主旨的中长篇论文，如《原道》、《原毁》、《论佛骨表》、《师说》等。《原道》从政治、经济两方面着笔，对唐王朝崇佛奉道的社会风气进行了猛烈抨击，从佛老，士、贾、农、工四民以外的剥削者，与国家争夺领导权，弃君臣、去父子、禁生养，把天下国家置之度外，绝灭“天常”等方面，对当时寄生于社会、享有特权，有害于国家人民的佛老信徒予以淋漓尽致的批驳，雄奇奔放，气势磅礴。《原毁》将严格要求自己、宽容待人的“古之君子”和宽容自己、挑剔别人的“今之君子”予以对比，揭露了所谓“今之君子”的丑恶面目和阴暗心理，精辟分析了当时朋党纷争，士人排挤倾轧的社会现象，对上层社会盛行的嫉妒、毁谤的恶劣风气进行了尖锐抨击。《师说》是一篇有关传道授业的论说文。文章将教师的作用正确而全面地归结为“传道、授业、解惑”三点，辛辣地抨击了士大夫阶层耻于求师的恶劣社会风气。作者鼓励人们勤奋学习，提出“人非生而知之者”、“道之所存，师之所存”，“弟子不必不如师，师不必贤于弟子”，“闻道有先后，术业有专攻”以及“从师不论贵贱，不分长幼”等一些颇具进步意义的新见解，不仅在当时使一帮腐儒为之惊诧，即使今天，也不失其借鉴意义。这类文章的共同特点是格局严整，层次分明，说理透辟，逻辑性强。第二种类型是一些嘲讽社会现状的杂文。短篇如《杂说》、《获麟解》；长篇如《送穷文》、《进学解》等。《杂说》之四《马说》以相马为喻，借题发挥，深刻说明了才智之士的知音难遇。文章将封建社会奇才异能之士不但得不到器重，反而横遭摧残、压制的黑暗社会现实写得淋漓尽致，鞭辟入里，也抒发了作者本人落寞失意的感慨，短小精悍，笔锋犀利，寓意深刻，耐人寻味，是中国散文史上脍炙人口的佳作。《送穷文》和《进学解》形式上模仿东汉东方朔《答客难》和扬雄《解嘲》，采用问答形式，极其巧妙地表现了自己的坎坷遭遇，嘲讽了社会上的庸俗习气，构思奇特，锋芒毕露，其幽默的笔触和形象的比喻，使文章具有强烈的艺术感染力。第三种类型为论述文学思想和创作经验的论文，代表作有《答李翊书》、《与冯宿论文书》、《送孟东野序》、《送高闲上人序》等。其中《送孟东野序》以 38 个“鸣”字贯穿全篇，文笔纵横，一气贯注，如滔滔江河，一泻千里，具有很强的说服力和鼓动性。

叙事文在韩文中也占有较大比重。《平淮西碑》学习儒家经书《尚书》和《诗经》中的《雅》、《颂》体裁，歌颂了唐王朝平定藩镇叛乱的业绩，向来被视为韩文中最有成就的鸿篇巨作。《张中丞传后叙》继承了《史记》历史散文的优秀传统，在为坚守睢阳、抗击安禄山叛军壮烈牺牲的张巡、许远等辩诬的同时，在李翰所作《张巡传》的基础上，精心选择了几则可歌可泣的典型事件，成功地塑造了张巡、许远、南霁云三个栩栩如生、跃然纸上的英雄形象。文章熔叙事、议论、抒情于一炉，议论史实慷慨激昂，锋芒毕露；叙事写人则生动逼真，绘声绘色，令人有身临其境、目睹其人之感，为韩文中公认的佳作。韩愈所作碑志在文集中占有较大比重，虽然有一些“谀墓”之文，但也不乏情文并茂、哀痛感人的优秀作品。如《柳子厚墓志铭》、《贞曜先生墓志铭》、《南阳樊绍述墓志铭》等，能够根据不同作家的创作特色作出恰如其分的评价。其中最负盛名的当属《柳子厚墓志铭》。柳子厚即柳宗元，与韩愈私交甚深，友谊笃厚，同为唐代古文运动的领袖。柳宗元卒后，韩愈曾多次著文以示哀悼和纪念。此文除概述柳氏的家世、生平外，还赞扬了柳宗元的人品、才华、政绩和卓越的文学成就。对他屡受贬斥、长期迁谪的坎坷遭遇深表同情和愤慨。全文叙事、议论、抒情融合无间，叙事详略得当、生动形象，议论说理深湛透辟，情深意厚，感人肺腑。加上其简洁明朗的语言，灵活多变的句法，使文章具有深厚的艺术感染力。《贞曜先生墓志铭》是为好友、中唐著名诗人孟郊而作，铭文从文学成就方面对艰涩难懂的孟郊诗给予中肯而公正的评价，也是一篇颇有特色的墓志铭。

韩愈的抒情文章也堪称绝世佳作。尤其是某些祭文写得情真意切、凄恻哀痛，令人有回肠荡气之感。如为祭他侄子十二郎所写的《祭十二郎文》即可当此无愧。韩愈自幼丧父，由其兄嫂抚养成人。特殊的生活环境，使他与十二郎长期生活在一起，名为叔侄，实同兄弟，感情深厚，非比寻常。十二郎之死，勾起作者对往事的回忆和对现实生活的忧虑，悲痛万端，百感交集。文章结合家庭、身世和生活琐事，反复抒发失去侄子的哀痛。字里行间，融注着作者与十二郎的生离死别之情，如泣如诉，悲哀凄楚，曲折婉转，感人至深。在形式上，此文一反传统祭文运用骈俪韵语的固定格套，破骈为散，直抒胸怀，情真语真，加上通篇以汝吾相称，似乎与亡者闲道家常，回忆往事，更使文章真切动人，感染力强，故被后人视为“祭文中千古绝调”。

3. 柳宗元的山水游记

在中国文学史上，有一位积极支持韩愈发起的古文运动，并以其丰富多彩、卓有成就的散文创作，得以与韩愈并驾齐驱的优秀作家，他就是柳宗元。

柳宗元（773—819），字子厚，河东解（今山西运城市西南）人，青年时期仕途顺利，唐顺宗继位后，参加了以王叔文为首的政治革新集团。革新失败后被贬为永州（今湖南零陵县）司马。在永州期间，柳宗元深入了解民间疾苦，游览山水名胜，写下了一系列优秀的诗文作品。十年后，改贬柳州（今广西柳州市）刺史。唐宪宗元和十四年（819）病逝于柳州，年仅47岁。后人因他是河东人，故称他为柳河东，又因他做过柳州刺史，又称柳柳州。有《河东先生集》。

柳宗元的政治思想和哲学思想比韩愈进步。其古文理论亦与韩愈同中有异。首先，他与韩愈同时倡导中唐古文运动，推崇先秦两汉散文质朴流畅的传统。同韩愈一样重视文的内容，强调道与文的主次关系，主张“文以明道”，反对内容不合道而片面追求形式华美的作品。但有关道的具体内容却与韩愈有所不同。韩愈所讲之道主要是仁义，柳宗元之道则主要是以生民为己任，认为道应该使国家强盛，注重实际，切实可行。基于这种理解，柳宗元十分强调文学的社会功能，主张作文应有益于世，并强调了作家加强道德修养的重要性。其次，他也很重视艺术形式的作用，认为好的内容必须辅以优美的艺术形式，才能创造出完美的作品。

柳宗元取得了多方面的文学成就，而尤以散文最为突出，为“唐宋八大家”之一。他的散文题材广泛，形式多样，大致可分为论说、传记、寓言和山水游记四种类型。每种类型中都有丰富的现实内容和精湛的艺术技巧相结合的完美佳作。

论说文，主要是阐述他的哲学思想和政治主张。其中《天说》是其哲学论文的代表作；《封建论》、《断刑论》、《六逆论》、《晋文公问守原议》等为其政论代表作。中唐以来，中央集权统治日益削弱，藩镇割据势力逐渐增长，于是有不少人竭力鼓吹分封制，攻击郡县制，试图为维护贵族特权、制造分裂提供理论依据。有鉴于此，柳宗元挥动如椽之笔，写下了著名的《封建论》，对秦汉以来有关郡县制与分封制的论争作了总结。文章细致分析了古代分封制度的始末功过，旗帜鲜明地提出“封建非圣人意，势也”，以大量史实论证郡县制代替分封制的历史必然性，热情赞扬秦始皇废分封立郡县的英明举措，认为“公天下之端自秦始”。并以事实为依据，有力批驳了为分封制辩护的种种谬论。文章纵横捭阖，论辩滔滔，立论超卓，识见不凡。所表达的进步的政治思想和历史观点，就其思想认识的深度而言，远远超出了同时代的作家，甚至韩愈也颇有不及。正如宋人苏轼所说：“宗元之论出，而诸子之论废矣，虽圣人复起，不能易也。”（《东坡志林》）

他的传记文深受《史记》、《汉书》中人物传记的影响而有所创新。这类文章又可分为两种，一种为描写英勇正直的上层人物，代表作为《段太尉逸事状》。段秀实，曾官泾原郑颖节度使、司农卿，是一位不畏强暴、关心民瘼的清官。军阀朱泚发动叛乱，段秀实当面痛骂他为狂贼，并猛然用笏击朱泚额，溅血满地，因而被杀，后被追封为太尉。逸事状是“行状”的一种变体，用以记述人物事迹以备写墓志或修史时作为依据。此文并不泛泛罗列人物的生平事迹，而是巧为剪裁，选取有代表性的三件典型事例，浓笔重墨，精心刻画；写他勇于同残害人民的贵族子弟作斗争，以示其沉勇刚正；写他在天旱大灾之年，为农民治伤喂饭，代偿租谷，以示其仁厚慈惠；写他坚决拒绝朱泚所赠礼物，以示其廉洁和节操。作者所着力刻画的段太尉便在这三种典型环境中得以极其生动形象地凸显出来，同时也揭露了军阀豪强拥兵自重、残暴跋扈、鱼肉人民的罪行。文势跌宕起伏，生气勃勃，语言准确精当，功力深厚，向来与韩愈《张中丞传后叙》并称。另一种传记文是为受压迫的下层人物立传，代表作有《种树郭橐驼传》、《童区寄传》、《梓人传》、《宋清传》、《捕蛇者说》等。《种树郭橐驼传》是一篇哲理性很强的传记，叙述了植树专家郭橐驼顺应树木自然本性的种树之道，并在文章的后半篇将这种理论“移之官理”，说明治理国家必须适合人民的要求，讽刺了当时统治者扰民政治对广大民众的百般压制，表达了作者要求改革弊政的强烈愿望。文章上半篇叙述郭橐驼与人问答植树之法，娓娓道来，却暗含隐喻；下半篇移之定国安邦之策，妙在句句点合。前后照应，事理相生，契合无间，令人叹绝。作于永州时期的《捕蛇者说》是一篇思想性和艺术性完美结合的优秀散文。文章记述蒋氏一家祖孙三代，甘冒生命危险捕捉毒蛇以充赋税，蒋氏祖父、父亲两代人均因捕蛇而致死。蒋本人捕蛇 12 年，也多次险遭毒蛇之口。蒋氏所言“吾祖死于是，吾父死于是，今吾为嗣为之十二年，几死者数矣”，其生活之艰辛，遭遇之悲惨，令人读来无不为之失声落泪。然而当作者提议让官府改变以蛇代税的办法，蒋氏反而更加悲伤，痛哭流涕，因为“吾斯役之不幸，未若复吾赋不幸之甚也”，赋毒甚于蛇毒。文章借蒋氏之口，写出了乡邻们因赋税之重，被迫徙居他乡，徙居时因呼吸瘴气而死者枕藉的惨状，描绘了农村人口剧减，十室九空的凄凉景象，以及乡邻们不堪悍吏天天骚扰的痛苦。与众乡邻相比，这个捕蛇世家可说是个“幸福家庭”，难怪蒋氏发出“又安敢毒耶”的无可奈何之叹。作者听完这一席惨不忍闻的谈话，悲愤交加，更加坚信“苛政猛于虎”的古训。文章先写异蛇之毒，再写捕蛇之凶险，最后以“赋敛之毒又甚于蛇者”作结，前后对比映衬，突出主题，具有层层蓄势，撼人心魄的动人力量。《童区寄传》则作于贬官柳州时期。此地掳掠儿童、贩卖人口成风。此文针对这种情况，记叙了一个沉着、机智、勇敢，年仅 11 岁的少年区寄，连续杀死两个劫持他的暴徒，终于得脱魔掌的动人故事，颂扬了区寄过人的胆识，对当时社会的黑暗和政治的腐败也作了揭露。文章善于在复杂多变的事件中刻画人物，一波三折，曲尽其妙。《宋清传》表彰了一位卖药商人。《梓人传》则对一个建房工匠的技艺和品质表示叹服。总之，这类传记是以比较进步的政治立场和博大宽厚的同情心，反映和歌颂这些下层居民的遭遇、才能、高尚的品格和抗暴精神。其特点是取材广泛，开掘深邃，善于捕捉能够显示人物个性的典型细节，在真人真事的基础上有所夸张与虚构，并以精练准确的语言表述出来，使得笔下人物形神兼备，栩栩如生，耐人寻味。

柳宗元的寓言创作一向为人称道，具有很高的艺术成就。其代表作有《临江之麋》、《黔之驴》、《永某氏之鼠》三篇作品组合而成的《三戒》。在“序”中他说明写作这些寓言的目的在于批判那些不识自己本来面目，而凭借某种势力横行霸道，而最终祸及己身的人。矛头所向，显然是指那些对当朝权贵低眉哈腰、一味邀宠、无耻至极的官僚和文人。其中《临江之麋》写一幼小麋鹿因受到主人的宠爱和庇护，家里的狗不敢触犯它。但此麋恃宠而骄，竟至得意忘形，把狗当做朋友。三年之后，外出看见别人家的狗，也一道戏耍起来，结果被狗吃掉，还不知为何而死。借此讽刺了那些依仗主子权势而忘乎所以的小人，到头来只落得身败名裂的可耻下场。文章善于把握特征，勾画形象，紧紧抓住狗贪馋的本性和麋鹿的得意忘形之态，用笔不多，却写得神情毕肖，令人叫绝。《黔之驴》写有好事者用船载驴入黔，因其无用放之山下。老虎初见如此庞然大物，视若神明，不敢靠近，但此驴终因技穷而为老虎“断其喉，尽其肉”，十分深刻地讽刺了那些蠢笨自大，徒有其表的权贵人物，揭露了他们外强中干、一无所用的虚弱本质。《永某氏之鼠》写永州某人，因嗜鼠成癖，听任老鼠恣意横行而不闻不问。以至老鼠相告其类，皆来其家，胡作非为，作威作福。数年后某人徙居异地，后迁来的人见老鼠如此肆无忌惮，便撤瓦灌穴，杀鼠如丘。寓言借此讽刺了那些愚蠢可鄙、得时肆虐的权要显贵，他们虽然逞能得势于一时，最终也难逃灭顶之灾。文章的最后一句，“呜呼！彼以其饱食无祸为可恒也哉！”点出了故事的深刻寓意。全文通过麋、驴、鼠三种物态的描绘，反映现实，构思奇特，形象生动，语言犀利，具有强烈的讽刺力量。《三戒》以外，《蝜蝂传》也是一篇具有强烈讽刺效果的寓言，借用贪婪成性的蝜蝂这种背上东西就绝不再放下的小虫，来比喻那些私欲无穷，贪得无厌，见钱不要命的达官贵人和市侩小人。作者以辛辣幽默的笔调对蝜蝂善于负重而好竭力爬高等特性进行了精彩生动的刻画。

> 蝜蝂者，善负小虫也。行遇物，辄持取，卬其首负之。背愈重，虽困剧不止也。其背甚涩，物积因不散，卒踬仆不能起。人或怜之，为去其负。苟能行，又持取如故。又好上高，极其力不已，至坠地死。

那些追名逐利、至死不悟的嗜取者与这种小虫真可以互相引为知己了。文章正是抓住二者之间的相似之处，使之互为补充，相得益彰，刻画出那些“日思高其位，大其禄，而贪取滋甚，以近于危坠，观前之死亡不知戒”的人的丑恶嘴脸。由“虫”及“人”，突出了“嗜取者”的可笑、可耻、可悲，嬉笑怒骂，寓意深远，表现了高度的幽默讽刺艺术。

山水游记是柳文中最为脍炙人口的作品。这些山水游记均写于贬谪时期，虽数量不多，但质量很高，几乎篇篇俱佳。而尤以作于永州时期的《永州八记》最负盛名。包括《始得西山宴游记》、《钴鉧潭记》、《钴鉧潭西小丘记》、《至小丘西小石潭记》、

《袁家渴记》、《石渠记》、《石涧记》、《小石城山记》。八篇游记如同影视作品中连续画面一般，一幕接一幕地展示了湘桂之交的山水胜景。其间虽没有五岳高插入云之巍峨，也不见长江黄河万里奔腾之声势，但却自具清幽深邃、新鲜怪奇之特色，可谓另辟胜境，别有洞天。

元和四年（809）九月，作者在遍游永州的奇山异水之后，突然发现西山之怪异。于是带领侍从，披荆斩棘，登上西山绝顶，极目远眺，高低层叠的山峦原野尽收眼底，以至于“洋洋乎与造物者游，而不知其所穷”，酌酒一醉，与自然万物融为一体。于是作《始得西山宴游记》。其后游兴更浓，发现西山后八日，又在西山西北角发现钴鉧潭，天高气清，心旷神怡。作者不禁“乐居夷而忘故土”，不惜花钱买下这块地方，又“崇其台，延其槛，行其泉之高者而坠之潭”，使之成为一处欣赏月光水色的绝妙胜地，并为之作《钴鉧潭西小丘记》。潭西二十五步，有一小丘。小丘之上，各类山石千姿百态，美不胜收。

其石之突怒偃蹇，负土而出，争为奇状者，殆不可数：其嵚相累而下者，若牛马之饮于溪；其冲然角列而上者，若熊罴之登于山。

文章化静为动，山水个性呼之欲出，每块石头都似乎变成了有灵气的活物。作者观察生活之细致入微，目光笔锋之犀利独到，描写山水个性之贴切生动，无不令人拍案叫绝。此外，作者还游览了潇水之畔的袁家渴和位于袁家渴西南的石渠、石涧以及

宫乐图（唐·佚名）

步辇图（局部）（唐·阎立本）

西山以北的小石城山等处。《袁家渴记》描绘当地之风穷形尽相，备受后人称道。

> 每风自四山而下，振动大木，掩苒众草，纷红骇绿，蓊葧香气，冲涛旋濑，退贮溪谷；摇飏葳蕤，与时推移。

观察细致，出语精妙，将山风的激荡回旋，写得虎虎生气，令人有亲临其境之感，极富艺术魅力。

《永州八记》中以《至小丘西小石潭记》（简称《小石潭记》）艺术成就最高。此文运用虚实相生，以动写静的艺术辩证法，使笔下的山水充满诗情画意。

> 从小丘西行百二十步，隔篁竹，闻水声，如鸣珮环，心乐之。伐竹取道，下见小潭，水尤清冽。全石以为底，近岸，卷石底以出，为坻，为屿，为嵁，为岩。青树翠蔓，蒙络摇缀，参差披拂。
>
> 潭中鱼可百许头，皆若空游无所依。日光下澈，影布石上，佁然不动，俶尔远逝，往来翕忽，似与游者相乐。
>
> 潭西南而望，斗折蛇行，明灭可见。其岸势犬牙差互，不可知其源。

作者描绘潭水之清澈透明，并不直接落墨，而是以游鱼作为衬托。百余头游鱼如空中一样毫无凭依地自在游动，阳光清澈，直穿水底，鱼影清晰可辨。虽未正面写水，但水之清澄明净却不难想见。作者写游鱼，并不单纯活画出一幅鱼儿恣情戏水的图画，而且还极为形象地衬托出游者畅游山水的无限乐趣。潭水的清净澄澈，游鱼的自由自在，游者的心旷神怡，都极为巧妙地融为一体，融情于景，情景交融，达到了“状难写之景如在目前，含不尽之意见于言外”的高超境界。

山水散文并不始自柳宗元。北朝郦道元的《水经注》中，就有不少模山范水、文笔清丽、声色俱佳的篇章。但《水经注》毕竟是一部地理著作，对景物多客观描写，少有主观感情的流露。柳宗元的游记则把自己的身世遭遇、思想感情有机地融合于对自然风景的描绘中。那些青山绿水、茂林修竹、奇峰怪石，无不展示了作者傲岸不群，不同流合污的高洁品格，达到了主客观的高度统一，开拓出一片令人神往的艺术境界，在中国山水文学的发展史上成就卓著，光耀千古。

4. 韩柳文风之异同

文坛之有韩（愈）柳（宗元），犹如诗坛之有李（白）杜（甫），一向如双峰并峙，齐名并称。在唐代古文运动中，他们二人密切合作，共同支持，结下了极为深厚的友谊。他们的创作，都以丰富多彩的社会内容，高超圆熟的写作技巧和精粹典范的文学语言，交相辉映，登上了散文创作的巅峰。然而由于性格气质、人生道路和学术思想的不同，决定了韩柳二人必然具有不同的创作个性和艺术风格：韩文笔力雄健，气势雄伟，极富阳刚之美，如长江大河，浩浩荡荡，奔腾不息；柳文则清幽澄澈，含蓄凝练，深含阴柔之致，如山间小溪、石潭之水，清莹明净，沁人心脾。他们的文章共同体现了唐代散文的最高成就，从此取代了骈体文的优势地位，对后世产生了深远影响。

三、泥塘里的光彩：晚唐小品文

毋庸讳言，韩柳文章并非篇篇俱佳，韩文有时因过分追求新奇独创而流于险涩怪僻，柳文因刻意典雅而奥僻艰深，难以卒读。而且他们领导的古文运动本身也还存在着某些保守复古的缺陷。韩愈的弟子李翱把韩愈的道统引向极端，大谈性命之学，所著《复性书》三篇，使古文成为宣扬儒家学说的传声筒，毫无价值可言。韩愈的另一弟子皇甫湜则刻意模仿乃师的奇奥生僻。导致韩柳之后的古文运动在险僻的歧路上越走越远，某些作品竟比骈文更令人难以理解。所以在晚唐时代，出现了“古文”暂时衰歇、骈文重又兴盛的局面。倒是皮日休、陆龟蒙、罗隐等人的小品文继承了韩柳古文直面现实的优良传统，在唐末文坛上大放异彩，鲁迅曾有“是一塌糊涂的泥塘里的光彩和锋芒”（《小品文的危机》）之说。

1. 一针见血的皮日休散文

皮日休（约838—约883），字袭美，另字逸少，襄阳（今属湖北）人。居鹿门山，自号鹿门子、醉吟先生等。出身寒门，少有大志，晚年参加黄巢领导的农民起义。有《皮子文薮》留传后世。

皮日休论文主张“上剥远非，下补近失”（《文薮序》），不为空言。提倡发愤著书，“非有讽，辄抑而不发”（《桃花赋序》）。因此他的文章与现实生活息息相关，敢于大胆抨击时政，揭露弊端。现存皮日休的诗文，都作于参加黄巢起义军以前，相当深刻地反映出黄巢农民起义前夕的黑暗社会现实。如他的《鹿门隐书》说：

古之官人也，以天下为己累，故己忧之；今之官人也，以己为天下累，故人忧之。

古之决狱，得民情也，哀；今之决狱，得民情也，喜。哀之者，哀其化之不行；喜之者，喜其赏之必至。

古之杀人也，怒；今之杀人也，笑。

古之置吏也，将以逐盗；今之置吏也，将以为盗。

表面上说古道今，实际上托古讽今，把当时官吏为害人民的丑恶本质剖析得痛快淋漓，虽是三言两语，却一针见血地揭示出当时社会的腐败。尤为难能可贵的是，他还敢于将小品文的矛头直指封建最高统治者，有如匕首和投枪，给封建皇权以沉重打击。其《读〈司马法〉》一文用古今对比手法，揭露了汉魏以来开国之君的凶残面目：

汉魏尚权，驱赤子于利刃之下，争寸土于百战之内。由士为诸侯，由诸侯为天子，非兵不能威，非战不能服，不曰取天下以民命者乎？由是编之为术，术愈精而杀人愈多，法益切而害物益甚。

这就是作者阅读古代兵法著作《司马法》后的读后感。其见解之深刻，立论之大胆，在封建社会实属罕见。他的《原谤》一文，肯定了人民反抗暴君的合理性，认为上天和圣贤如尧舜，百姓都敢加以毁谤，等而下之“有不为尧舜之行者，则民扼其吭，捽其首，辱而逐之，折而族之，不为甚矣”。他还指出孟子并不否定商汤、周武王推翻当代暴君，质问“古之士以汤武为逆取者，其不读《孟子》乎”。《请孟子为学科书》无疑也是对当朝统治者的当头棒。由此可见，皮日休日后加入到农民起义军的行列，绝非偶然之举，是有其坚实的思想基础的。

2. 尖锐犀利的陆龟蒙散文

和皮日休齐名的陆龟蒙也是一位著名的小品文作家。陆龟蒙（？—约881），字鲁望，姑苏人（今属江苏苏州）人。举进士不中。曾为湖州、苏州从事。常泛舟往来于太湖，自号“江湖散人”、“天随子”、“甫里先生”。与皮日休过从甚密，时相唱和。他的文章或用寓言，或借历史，都犀利尖锐，切中时弊，具有极强的讽刺效果，在晚唐时期具有独特的光彩和锋芒。代表作有《田舍赋》、《后虱赋》、《野庙碑》、《登高文》等。如《野庙碑》从碑的来历和为野庙立碑说起，批评了百姓的迷信愚昧。他认为，人们制造神鬼偶像，而又恐惧他们，因而又去祭祀，实在令人痛心疾首。进而笔锋一转，对当时大小官吏鱼肉百姓的凶残和名贤实奸的丑态进行了猛烈抨击和尖锐讽刺。指出那些“升阶级，坐堂筵，耳弦匏，口粱肉，载车马，拥徒隶”的达官贵人，一旦“民之当奉者，一日懈怠，则发悍吏肆淫刑，驱之以就事”，比迷信中的凶神恶鬼不知凶残多少倍，而这些平日道貌岸然，被指为贤良方正的君子当国家有难时，则胆小如鼠，逃跑投降唯恐不及。其讽刺之尖锐、辛辣，在古代散文中颇为鲜见。

与皮日休一样，陆龟蒙也身在江湖，心忧天下。对当时社会阶级矛盾的激化有着极为清醒的认识，并写下了若干反映平民百姓疾苦的篇章。他在《送小鸡山樵人序》中，借樵人之口勾画出一幅悲惨的现实场景："百役皆在亡无所容，又水旱更害吾稼，未即死，不忍见儿孙寒馁之色。虽尽售小鸡之木，不足以濡吾家！"《记稻鼠》更愤怒地指出："上捃其财，而下啖其食，率一民而当二鼠，不流浪转徙聚而为盗何哉？"揭示了官逼民反，民不得不反的道理。

3. 愤世嫉俗的罗隐散文

唐末五代写作小品文的著名作家还有罗隐。罗隐（833—910），原名横，字昭谏，号江东生。杭州新城（今浙江富阳）人。自20岁时应进士举，因恃才傲物，为公卿所恶，十试不第，遂改名罗隐。黄巢起义时，避乱归故里。后投靠钱唐刺史钱镠，深受器重，辟为从事，后又表奏为钱塘令，迁著作郎，镇海节度判官等。后梁太祖开平二年，钱镠密表推荐为吴越国给事中，故世称罗给事。

罗隐生逢乱世，大半生处于流落漂泊的难堪境地，养成了愤世嫉俗的性格。故所作文章，多好为谐虐讽刺。他将自己的小品文集题名为《谗书》，并自述其写作用心为"有可以谗者则谗之"，"著私书而疏善恶，斯所以警当世而诫将来"。后人认为其中皆"愤懑不平之言，不遇于当世而无所以泄其怒之所作"。如《说天鸡》以寓言形式抨击以貌取人、不用真才的唐末社会现实，讽刺那些平步青云的达官贵人不过是一些"峨冠高步，饮啄而已”的无德无才之辈。《英雄之言》通过刘邦和项羽在见到秦始皇时分别所说的“大丈夫当如此也”和“彼可取而代也”两句话，深刻揭示了所谓豪杰之士借口救生民于涂炭以实现其攘夺的强盗本质。《汉武山呼》论证人君爱听溢美之词是败德的根由。《越妇言》讽刺官僚士大夫们一旦富贵就尸位素餐。其他如《迷楼赋》、《梅先生碑》、《叙二狂生》、《三闾大夫意》等文章皆能涉笔成趣，嬉笑怒骂，泼辣明快，一针见血。显示了作者强烈的批判精神和高超的讽刺艺术。

四、舒缓畅达的北宋散文

960年，后周握有兵权的赵匡胤发动陈桥兵变，黄袍加身，代周自立，建立了北宋王朝。两宋时代虽然在政治、军事上积贫积弱，饱受辽、西夏、金乃至元人的侵侮，但在文化上却是一个十分繁荣的时代。

宋朝建立伊始，文风基本上沿袭唐末五代浮艳轻靡的余习。其弱点在于不重视思想内容和偏重浮词丽句。针对这种不良倾向，首先有柳开起来提倡学习韩愈作古文，力抗五代颓靡之风。稍后的王禹偁提倡“句易道”、“义易晓”，发挥了韩愈古文理论与实践中“文从字顺”的一面，并创作出《待漏院记》、《黄冈竹楼记》等含义深婉、情真意切的优秀作品。苏轼曾称赞他“以雄文直道独立当世”。其理论与创作对宋代散文风格的形成有较大影响。但由于条件尚未成熟，浮靡和艰涩的文风并未收敛。至宋真宗、仁宗时代，又出现了专以“缀风月，弄花草”为能事的西昆体。“是时天下学者，杨（亿）刘（筠）之作，号为时文。能取科第，擅名声，以夸荣当世，未尝有道韩文者”（欧阳修《记旧本韩集后》）。于是又有穆修、石介、孙复等人起而攻之。由于几代人的努力，一些有识之士开始摆脱颓靡文风的影响，写出了内容充实、艺术上乘的作品，范仲淹的《岳阳楼记》就是脍炙人口的佳作。

1. 政治家的博大胸襟

范仲淹（989—1052），字希文，苏州吴县（今属江苏）人。宋仁宗庆历三年（1043），任参知政事（副宰相），提出十项政治、经济、军事改革方案，史称“庆历新政”。但因守旧派的阻挠，未能实行。范仲淹的政论、杂文趋向古文；但所作章、表、启、奏等，仍杂骈文。著名的《岳阳楼记》借助对洞庭湖优美景色的描绘，抒发了作者在庆历五年（1045）新政失败以后，被贬外放时的悲愤心情。文章多用四言，杂以排偶，境界开阔，情景交融，显示了一位政治家开阔的胸襟：

> 不以物喜，不以己悲。居庙堂之高，则忧其民；处江湖之远，则忧其君；是进亦忧，退亦忧。然则何时而乐耶？其必曰：先天下之忧而忧，后天下之乐而乐乎！

文章写得漂亮，而其博大仁慈的胸怀和崇高的人格更令人肃然起敬。

2. 宋代散文的奠基者欧阳修

欧阳修是宋代古文运动的第一个领袖。严格地说，宋代古文运动直到欧阳修才获得成功。欧阳修（1007—1072），字永叔，号醉翁，晚号六一居士，吉州吉水（今属江西）人。幼年丧父，家境窘迫。在寡母抚育下刻苦读书。早年游学，偶然在废书簏中拣得韩愈文稿，读后十分仰慕，苦心研读，视为至宝。仁宗天圣八年（1030）中进士后，在西京（今洛阳）留守钱惟演手下做推官。与尹洙、梅尧臣等，高举诗文革新的大旗，提倡平实朴素的诗文，并亲自补缀和校订韩愈《昌黎文集》，使韩文大行于世，于是一度衰竭的古文运动又蓬勃发展起来。

宋仁宗嘉祐二年（1057）二月，欧阳修以翰林学士身份主持进士考试。当时士子中正流行一种"险怪奇涩之父"，号称"太学体"，欧阳修对此深恶痛绝，严加排斥，凡作时文者一律不予录取。而对苏轼所作古文称赏不迭，录为第二。在他的大力称扬和奖引下，王安石、曾巩、苏洵、苏轼、苏辙等人的诗文名重一时，从而对扭转北宋文风产生了重要影响。

欧阳修除十分注重奖掖后进，培养人才以外，也在古文理论建设方面提出了一些富有意义的观点。在"文"与"道"的关系方面，他和韩愈一样，十分注重"道"的作用，认为"道"是内容，是金玉；而"文"是形式，是金玉发出的光辉。他说："道纯则充于中者实，中充实则发为文者辉光"（《答祖择之书》）。但欧阳修所谓道，主要不在于伦理纲常，而在于关心百事，是同人们的现实生活紧密相关的。这就在一定程度上突破了"道统"的束缚，使文学作品具有丰富的现实性。同时，欧阳修也不忽视"文"的作用，追求文道并重，重视文章的表现形式和语言技巧，从而在理论上为宋代古文运动指明了方向。

毫无疑问，欧阳修领导的古文运动之所以取得成功，最重要的原因在于他本人的文学成就甚为突出，写出了一系列针对现实、有感而发、文辞明达的优秀作品，创立了平易畅达的文风，确立了散文的典范地位。

欧阳修现存散文五百余篇。各体兼备，政论文、史论文、记事文、抒情文和笔记文等都取得了杰出成就。他的政论和史论，表达了他进步的政治倾向和正直的个人作风。代表作有《与高司谏书》、《朋党论》、《五代史伶官传序》等。《与高司谏书》作于仁宗景祐三年。其时宰相吕夷简结党营私、败坏朝政。主张革新的范仲淹对此极为不满，进“百官图”予以揭露和斥责，被吕夷简以“越职言事，离间群臣，引用朋党”的罪名贬职饶州。谏官高若讷不仅不行使职权为范仲淹辩解，反而趋炎附势，落井下石，对范仲淹大肆攻击。欧阳修对此十分愤慨，拍案而起，仗义执言。在这封直接给高若讷的信中，严厉驳斥了高若讷之流对范仲淹的诽谤和诬蔑，鞭挞和揭露了其自私自利、玩忽职守、虚伪奸诈、见风使舵的卑劣行径。欧阳修敢于直谏，伸张正义、不畏权势、不计利害的刚毅性格跃然纸上。在艺术上，此文结构严谨，层次清晰，前后呼应，波澜起伏，并运用古今对比、正反对照、夹叙夹议等手法，收到强烈的论辩效果。庆历新政时，欧阳修再次站到改革派范仲淹、韩琦一边，与宋旧派进行了积极斗争。针对保守派污蔑范仲淹等引用朋党的言论，欧阳修写了著名的《朋党论》一文。文章论证对朋党应作具体分析，有君子之朋，有小人之朋：君子“以同道为朋”，小人“以同利为朋”，进而引证各个朝代兴亡盛衰的大量史实，说明国家兴亡治乱的关键在于“退小人之伪朋，用君子之真朋”。全文有的放矢，论述透辟，剖析深刻，文笔犀利，并且引证大量历史事实，具有较强说服力。在写作技巧方面，文章善用排比句法，反复论证，多次转折，并在正反两方面的鲜明对比中，有力阐明自己的中心论点，使得文章有理有据，气势逼人。

《五代史伶官传序》是作者为其所修《新五代史》所撰的一篇史官论赞。文章认为国家的盛衰不在天命而在人事，并以唐庄宗李存勖穷奢极欲，宠幸伶人、宦官，导致内乱接踵而起，终于身死国灭的历史教训为例，从正反两方面阐明“忧劳可以兴国，逸豫可以亡身”的经验教训。告诫读者“祸患常积于忽微，而智勇多困于所溺”，见解不凡，发人深省。全文熔叙事、议论于一炉，叙事简明生动，议论深入浅出，布局严谨，条理清晰，文笔抑扬顿挫，一波三折，富含无穷韵味，深受后世文论家的广泛赞誉。

欧阳修的写景抒情文以《醉翁亭记》最为著名。庆历新政失败，范仲淹等人被革职。欧阳修上疏力争，被守旧派强加罪名，贬为滁州太守。滁州即今安徽滁县。醉翁亭在滁县西南七里，至今遗迹尚存。《醉翁亭记》作于庆历六年（1046），当时滁州偏僻，交通闭塞。欧阳修却能于山水之间发现乐趣。文章通过对醉翁亭周围优美环境和朝夕变换不同，四时各有特色的山间景色的描绘，抒发了自己虽遭贬谪而仍能寄情山水、悠闲自得的心情。在艺术形式上，文章运用骈散相间的句法，整齐之中又富有变化，且多用“者……也”判断句式，共用 21 个“也”字，使得文章音调铿锵、回环往复、语气舒缓，具一唱三叹之风致，很有艺术感染力。如文章开头一段即颇为不俗：

> 环滁皆山也。其西南诸峰，林壑尤美。望之蔚然而深秀者，琅琊也。山行六七里，渐闻水声潺潺，而泻出于两峰之间者，酿泉也。峰回路转，有亭翼然临于泉上者，醉翁亭也。作亭者谁？山之僧曰智仙也。名之者谁！太守自谓也。

此文与纯写景作品不同，而是借景抒情，达到了情景交融的高超境界。作者围绕醉中之乐这一中心，写了他与游人朝往暮归、酣宴游乐的情态，特意说明“醉翁之意不在酒，在乎山水之间也”，表现出作者热爱自然山水、与民同乐的情怀。

欧阳修的书序祭文多为知人论世、讲诗论文之作，内中不乏精辟的文学见解，更充满一种对师友怀才不遇的惋惜之情。代表作有《苏氏文集序》、《梅圣俞诗集序》、《祭石曼卿文》等。《苏氏文集序》是为苏舜钦文集所作的一篇序文，将推崇苏氏文章与慨叹他的不幸遭遇有机糅合在一起。作者匠心独运，既反映了当时的政治斗争和文坛状况，又以颂扬评述苏舜饮的文章贯彻始终，并表现出作者本人在政治和文学上的鲜明立场。全文融叙事、议论于一体，平易流畅，丰富生动，具有浓厚的抒情气氛和真挚感人的艺术魅力。《梅圣俞诗集序》是为北宋著名诗人梅尧臣的诗集所作的序言。梅尧臣一生在仕途上郁郁不得志，在文坛却久负盛名，与欧阳修并称“欧梅”。作者怀着对梅尧臣的无比倾慕之情，高度评价了他在诗歌创作方面的杰出成就。并从这位“老不得志”的诗人身上，悟出了“诗穷而后工”的创作规律，在某种意义上阐明了封建时代不少优秀文人与创作的关系。全文语言平淡晓畅，情感深切真挚，体现了欧阳修为文的一贯特点。《祭石曼卿文》是为悼念好友石延年而作，以极其简练的笔墨，渲染出极其浓厚的抒情气氛，感情真挚，低回幽咽，沉痛伤感，将作者的无比悲愤之情抒发得淋漓尽致，具有强烈的艺术感染力。在写法上则以散文句法写作韵文，别具一格，显示了欧阳修深湛的文学修养和多方面的艺术才能。

3. 深得战国策论三昧的苏洵

以宋仁宗嘉祐二年（1057）欧阳修主持进士考试为标志，宋代古文运动进入全面繁荣时期。这一年，欧阳修结识了苏洵，录取了曾巩和苏轼兄弟，并由曾巩引见了王安石。一时宋代文坛少长咸集，群贤毕至，堪称宋代散文发展的黄金时代。后世所谓唐宋八大家的五家就活跃于这一时期。

在唐宋古文八大家中，有一位长于论辩，文笔纵横驰骋，铺张扬厉，深得战国策论三昧的古文大家，这就是苏洵。苏洵（1009—1066），字明允，号老泉，眉州眉山（今属四川）人。据说他 27 岁时才认真读书，因参加进士和茂才异等的考试都不中，愤而烧毁平生所作文章，闭门潜心攻读十余年，学业大进。于宋仁宗嘉祐元年（1056）携其二子苏轼、苏辙同到汴京（开封），进见翰林学士欧阳修，并上其所作《权书》、《衡论》等文章 22 篇，深得欧阳修赏识。一时公卿士大夫争相传诵，轰动一时。嘉祐五年，被任命为秘书省校书郎。后为霸州文安县（今属河北）主簿，参与编撰礼书《太常因革礼》。书成不久去世。

苏洵有着远大的政治抱负，他曾自述其作文的目的即在于

“言当世之要”，并在《衡论》和《上皇帝书》等重要论文中提出了一整套政治革新的主张。由于他比较了解社会现实，又善于总结历史经验教训，长于辨析，故所作政论和史论都很著名。最能代表其创作风格的文章当首推《六国论》，此文总结战国时期六国灭亡的根本原因在于“弊在赂秦”。文章开篇即郑重宣称：“六国破灭，非兵不利，战不善，弊在赂秦。”立论精警，旗帜鲜明，旨在劝诫北宋统治者应吸取历史经验教训，改变屈膝求和的对外政策，对东北契丹、西北西夏的威胁采取不妥协的抗击措施，以免重蹈六国覆亡的故辙。这个用意在文章末尾更加清楚地表现出来：

> 夫六国与秦皆诸侯，其势弱于秦，而犹有可以不赂而胜之势。苟以天下之大，下而从六国破亡之故事，是又在六国下矣。

全文论证逐次深入，层层剥脱，极尽纵横驰骋之妙，受到当代及后世文论家的广泛赞誉。

4. 独具一格的曾巩

比苏洵小十岁的曾巩是八大家中颇具特色的一家。他的文章近几十年来不太为人重视，但在宋代乃至明清时期都有很高的地位。曾巩（1019—1083），字子固，建昌南丰（今属江西）人。20岁后因文才出众，受到欧阳修的赏识。嘉祐二年欧阳修知贡举，曾巩考中进士。历任太平州（今安徽当涂）司法参军、馆阁校勘、集贤校理等职。曾整理校勘《战国策》、《说苑》、《新序》、《列女传》等历代图书。离开馆阁后，又做过十几年地方官，关心民生疾苦，注意救灾、防疫，政绩卓著，受到百姓爱戴。最后官至中书舍人，死后追谥“文定”，学者称“南丰先生”。

曾巩是欧阳修的积极追随者和坚定的支持者。在古文理论方面与欧阳修颇为相近，主张先道而后文，但比韩愈、欧阳修更重视道。他的文章也力求雍容典雅，自然淳朴，而不甚讲究文采，卫道气息比较浓厚。所作文章绝少抒情作品，而以说理议论为主，即使是记叙文中也常杂有议论。如《墨池记》即是一篇兼有叙事与诉论的优秀作品。墨池在今江西临川，相传为晋代大书法家王羲之临池学书的遗址。此文作于庆历八年（1048），是曾巩应“教授”王君之请写给州学的。作者依据王羲之书法到晚年才臻于精妙的史实，结合“临池学书，池水尽黑”的传说，论证王羲之在书法上取得如此辉煌的造诣并非“天成”，而是刻苦努力，勤学苦练的结果：

> 方羲之之不可强以仕，而尝极东方，出沧海，以娱其意于山水之间，岂其徜徉肆恣，而又尝自休于此邪？羲之之书晚乃善，则其所能，盖亦以精力自致者，非天成也。然后世未有能及者，岂其学不如彼邪？则学固岂可以少哉！况欲深造道德者邪？

此文在曾巩文集中是形象性较强的一篇：文笔含蓄优美，节奏舒缓不迫，说理委婉周详。纵谈古今，见解不凡，但也流露出卫道气息。《寄欧阳舍人书》是在欧阳修为曾巩先祖父作墓碑铭后，曾巩写给欧阳修的感谢信。论述了铭文的重要作用以及作铭者必须兼具“道德”、“文章”两个条件，极言欧阳修作此墓碑铭具有警戒、劝勉的巨大作用，并表达了感谢之情。文笔纡曲委备，舒缓自如，淳朴平实，体现了曾巩文章的一贯特点。《齐州北水门记》、《越州赵公救灾记》等记叙文自然朴质，看似无甚奇崛高妙之处，实则平中有奇，将头绪纷繁的事项叙述得条理分明，显示了作者驾驭语言文字的高超能力。

5. 文学上卓有建树的政治家王安石

比曾巩小两岁的王安石少年时与曾巩为密友。曾巩入欧阳修之门后，就向欧阳修推荐了王安石。王安石（1021—1086），字介甫，号半山，抚州临川（今属江西）人。少年时博览群书，志向远大。庆历二年（1042）中进士后，做地方官近二十年，显示出不凡的政治才干。他目睹北宋积贫积弱的社会现实，慨然有矫世变俗之志。宋神宗即位后，召为翰林学士兼侍讲。熙宁二年（1069）擢升参知政事，次年拜相。在神宗支持下，积极推行新法，对发展生产、富国强兵起到一定的积极作用。但由于遭到保守派的坚决反对，也由于新法在推行过程中暴露出的弊端，王安石于熙宁九年（1076）被迫辞去相位。宋神宗死后，司马光执政，尽废新法，王安石忧愤而死。曾被封为舒国公，后改封荆国公，故世称王荆公。有《临川先生文集》等著作流传后世。

王安石不仅是著名的政治家，在文学创作方面也颇有建树。所作散文，无论长篇短作，都有结构严谨、析理深刻、笔力雄健、语言拗峭的特点。其中又以论说文成就最高，如直接向皇帝

枇杷山鸟图（南宋·佚名）

霜篠寒雏图（南宋·佚名）

陈述政见的奏议《上仁宗皇帝言事书》和《本朝百年无事劄子》均为名作。前者畅论时政，洋洋万言，体大思精，近人梁启超称之“秦汉以后第一大文”。后者主要阐述了宋朝开国百余年来，尤其是宋仁宗在位四十余年来政治措施的成败得失，劝勉神宗及时革除弊政，以维护和巩固宋王朝的统治。这两篇文章都表现了王安石作为优秀政治家的敏锐洞察力，具有结构严密，析理精微，言事剀切，富有鼓动性等特点。作于熙宁三年（1070）的《答司马谏议书》是针对反对变法者首领司马光的非难所作的答复，闪现着作者“天变不足畏，祖宗不足法，人言不足恤”（《宋史》本传）的思想光辉。文章具有理直气壮、义正词严而又措辞委婉、藏锋不露的特点，显示了一位老练成熟的政治家的风度。王安石还写有相当数量的记叙文。《伤仲永》通过方仲永因后天不学终于由神童沦为常人的可悲经历，说明天生禀赋并不足恃，强调教育和学习在人的成长过程中的决定作用。文章先叙后议，寓理于事，有感而发，避免了枯燥乏味的说教气息。而在叙事时，又采用前后对比，先扬后抑的手法，以方氏早期的聪慧衬托后期的平庸，对比鲜明，富有典型性，增强了文章的可读性。《游褒禅山记》是作者的一篇著名游记，与《伤仲永》相类似，也是借叙事以抒发感情，寄寓哲理，闪耀着论辩色彩。文章通过叙述游褒禅山的经过，层层推进，由实入虚地引发出一番治学的道理：

夫夷以近，则游者众；险以远，则至者少。而世之奇伟、瑰怪、非常之观，常在于险远，而人之所罕至焉。故非有志者，不能至也。

可见必须矢志不渝，知难而进，才能有所收获。综观全篇，写游览，句句是为议论作铺垫，而议论又每每依托于描述的情事，达到情理互见，虚实相生的高妙境界。王安石的某些祭文也很出色。如《祭束向元道文》、《祭范颍州仲淹文》、《祭欧阳文忠公文》等，词语如肺腑中流出，情意真挚，感人至深。尤其是《祭欧阳文忠公文》高度赞扬了欧阳修文章事业的光辉成就和高风亮节，抒发了他对欧阳修的悼念倾慕之情，在当时各家所写欧阳修祭文中最为杰出，深受历代文论家的赞誉。

6. 推动古文运动彻底胜利的重要文坛领袖苏轼

欧阳修是北宋诗文革新运动的第一个领袖。欧阳修之后，继续领导并将诗文革新运动推向彻底胜利的重要文学家是苏轼。苏轼（1037—1101），字子瞻，初字和仲，号东坡居士，眉州眉山（今属四川）人。出身于一个富有文学气氛的封建知识分子家庭。父亲苏洵，著名古文家，已见前述。弟弟苏辙，是苏轼一生政治和文学上的同道。由于父子三人卓越的文学成就，并称为“三苏”。苏轼幼承家教，深受其父苏洵的熏陶。母亲程氏也曾亲自教他读书。嘉祐元年（1056），苏氏父子三人出川赴京应举。次年轼与弟辙中同榜进士。尤其是苏轼以其光彩夺目的才华为主考官欧阳修所欣赏。欧阳修读了他的文章以后说：“不觉汗出。快哉！快哉！老夫当避路，放他出一头地也。可喜！可喜！”并预言“三十年后世上人更道不着我，未来的文坛将属于苏轼”。兄弟二人还顺利通过了仁宗的“御试”，宋仁宗高兴地对他的皇后说：我为子孙得了两个宰相。宋神宗继位后，王安石推行新法，苏轼与他政见不合，连续上书又未被采纳，于是请求外调，先后在杭州、密州、徐州、湖州等地任地方官，仕途上很不得志。王安石罢相后，何正臣、舒亶、李定等人从苏轼诗文中罗织罪名，弹劾苏轼“指斥乘舆”、“愚弄朝廷”，元丰二年（1079）七月二十八日，御史台官吏皇甫遵从汴京赶到湖州衙门，当场逮捕了苏轼。目击者说：“顷刻之间，拉一太守，如驱犬鸡。”这就是北宋著名的文字狱“乌台诗案”。经过几个月的折磨，苏轼侥幸获释，被贬为黄州团练副使。宋哲宗即位后，司马光执政，苏轼被召回京师为中书舍人、翰林学士，但因反对旧党尽废新法，又被迫出知杭州、颍州。绍圣元年（1086），新党再度执政，苏轼被视为旧党，再次被贬到惠州（今广东惠阳县）、琼州（今海南省），直到宋徽宗即位（1100），遇赦北归，次年病逝于常州。谥号“文忠”，有《东坡七集》等著述传于后世。

与欧阳修等人相比，苏轼在处理文道关系方面更富有灵活性。他并不认为作文章必须明道，而是“山川之秀美，风俗之朴陋，贤人君子之遗迹，举凡耳目之所接者，杂然有触于中”，“有所不能自已”（《南行集前叙》）均可发之于文。这就大大拓展了文学反映的内容，避免了“明道”或“载道”说的局限性。同时，苏轼对文章的艺术标准也有极高的要求，认为在从事文学创作时，应当“求物之妙，如系风捕影，能使是物了然于心”，并进而“了然于口与手”（《答谢民师书》）。也就是说，只有对客观事物进行充分观察和认识的前提下，才能惟妙惟肖、曲尽其意地表达出来。正是在这种理论指导下，苏轼的文章往往能坦露真情，直抒己意，挥洒奔放，而又无不曲折尽意，名言妙句，美不胜收，创作出无数散文艺术的精品。关于苏轼的散文风格，他本人有一段极为精彩的描述：

> 吾文如万斛泉源，不择地皆可出，在平地滔滔汩汩，虽一日千里无难。及其与山石曲折，随物赋形，而不可知也。所可知者，常行于所当行，常止于所不可不止，如是而已矣。其他虽吾亦不能知也。（《自评文》）

前人曾有评语：韩（愈）文如海，苏文如潮。

苏轼的文章以政论、史论最为人称道。这些文章与苏轼的政治生活关系密切，其中不乏有的放矢、颇具识见的优秀篇章。在艺术上深受《孟子》、《战国策》的影响，具有论证汪洋恣肆、旁征博引、说理透辟的特点。如嘉祐六年（1061）参加“制科”考试时所作的25篇《进策》，深刻剖析了当时的内外矛盾，提出了系统的改革措施。《进策》中的《决壅弊》、《教战守策》都堪称苏轼政论文的名篇。前者针对宋朝官僚机构庞杂，上下壅弊，立法不明，贪赃枉法等社会弊端，提出决除壅弊，精简政务，下情上达、励精图治等主张。作者当时血气方刚，放言无惮，或直陈其事，或借古讽今，纵横捭阖，雄辩滔滔。后者针对北宋王朝“守内虚外”，对内大量屯兵镇压农民的反抗，对外一味屈膝求和，长期向西夏和辽输送金银玉帛，边防空虚，甲兵顿弊等腐败现象，指出如不加强备战与守卫必将后患无穷：

夫当今生民之患，果安在哉？在于知安而不知危，能逸而不能劳。此其患不见于今，而将见于他日。今不为之计，其后将有所不可救者。

苏轼在北宋仁宗朝的所谓太平盛世就能居安思危，预感到北宋王朝和西夏辽国的严重敌对势不可免，断言和议不能持久。因而呼吁朝廷教民习武，加强备战，不能不说是一种难能可贵的远见卓识。文章严格按照论说文提出问题、分析问题、解决问题的论证程序，层层剥脱，叙事说理清晰周密。苏轼的史论也不乏真知灼见，如《留侯论》提出了“忍小忿以就大谋”的策略思想。而这种思想得自于圯上老人。据传张良有一次在桥上遇到黄石公，黄石公叫张良把他脱落的鞋子捡起来，并替他穿上，以试探张良的耐心和意志。张良忍怒照办，黄石公以为孺子可教，就送他一部《太公兵书》。相传张良正是靠了这部兵书才帮助刘邦取得天下。此文一扫圯上老人授书张良的神秘色彩，说明圯上老人是秦末隐君子，其良苦用心是“圣贤相与警戒之义”，启迪张良放弃“以匹夫之力”，逞一时之勇，谋刺秦始皇的失策行为。作者以“忍”字总括全文，张良能忍，故能佐汉成功；刘邦能忍，故能打败强敌一统天下。并鼓励人们应该有“大勇”：“卒然临之而不惊，无故加之而不怒，此其所挟持者甚大，而其志甚远也。”文章借史论理，事通理明，见解新颖，不落窠臼。

叙事纪游和抒情散文在苏文中艺术成就最高，有不少广为传诵的名作。如记述人物的文章《方山子传》仅仅选取传主生活的几个片断，就将一位不慕富贵、鄙夷仕途、旷达不羁的人物刻画得须眉毕现，如见其人，如闻其声。《潮州韩文公庙碑》是为韩愈祀庙落成撰写的碑文，热情洋溢地赞扬了韩愈在文学、儒学、政治方面的丰功伟绩。盛赞韩愈“匹夫而为百世师，一言而为天下法”，当“道丧文弊，异端并起”之时，独能以布衣身份“谈笑而麾之，天下靡然从公，复归于正”。文章结合韩愈一生的遭遇，议论风生，豪情奔放，气势磅礴，读后令人心悦诚服。其中赞扬韩愈“文起八代之衰，道济天下之溺”等名言被后世文论家广泛引用，高度赞扬了韩愈作为古文运动领袖的卓越贡献。

苏轼记亭、台、堂、阁的散文往往能寓理寄情，发人深思。著名者有《喜雨亭记》、《超然台记》、《放鹤亭记》等。《喜雨亭记》作于嘉祐年间作者任职凤翔府签书判官时。天旱不雨，“民方以为忧”，他也为之忧；喜雨天降，民乐他也乐，于是举酒相贺，且以喜雨名亭，反映了作者关心农事和百姓疾苦，与民众同忧患共喜悦的思想感情。在写法上以“喜”统御全文，篇幅虽小，但文笔曲折，波澜起伏。《超然台记》作于神宗熙宁八年（1075），在朝廷新旧两派的激烈斗争中，苏轼与当权者政见不合，不得已自请外调，先是通判杭州，不久又移知山东密州。从京师外放，又自山清水秀的杭州来到“桑麻之野”的胶西，仕途不可谓不坎坷，但作者却能泰然处之，知足常乐。文章前半部分先从伦理方面说明不超然则哀的道理，后半部分记述作者移知密州后的生活场景，以及作者登上超然台游目骋怀，抚今追昔的所见所感，议论与叙事交相辉映。最后点出命名“超然”的缘由，又用“以见余之无所往而不乐者，盖游于物之外也”作结，写得酣畅淋漓，令人想见其为人。《放鹤亭记》作于徐州，旨在反映隐士那种放意自适、清高自洁的闲适之乐，说明为君之乐与山林隐逸之乐不可同日而语的道理。此文命意新奇，善用象征手法，虽其思想内容不足为训，但其艺术技巧却颇具匠心，值得借鉴。

苏轼的游记善于捕捉景物特色，并常常即景生感，借物寓理，达到诗情画意和理趣的和谐统一，其前后《赤壁赋》和《石钟山记》等均为脍炙人口、影响深远的写景名作。前后《赤壁赋》作于神宗元丰五年（1082），也即因“乌台诗案”被贬于黄州的第三年。当时苏轼为团练副使，不得签置公事，生活窘迫，没有自由，思想上也极为苦闷，于是只好把精神希望寄托于山水之间。两篇《赤壁赋》就是在这种生活严峻、内心忧愤的境遇中写成的。文章用诗一样的语言分别描绘了清风朗月的秋光和水落石出的冬景，熔描写、议论、抒情于一炉是其最大特点，形式上采用赋体，杂以散文笔法，如行云流水，挥洒自如。如前《赤壁赋》描绘月光下的赤壁：

> 清风徐来，水波不兴。举酒属客，诵明月之诗，歌窈窕之章。少焉，月出于东山之上，徘徊于斗牛之间。白露横江，水光接天。纵一苇之所如，凌万顷之茫然。浩浩乎如冯虚御风，而不知其所止；飘飘乎如遗世独立，羽化而登仙。

清风明月，水光接天，诗情画意，令人神往。《石钟山记》是一篇游记性质的调查报告。作者通过实地考察，发现了石钟山命名的真正原因，并由此提出了“事不目见耳闻，而臆断其有无，可乎”的著名论断。此文写景状物，逼真生动，犹如一幅石钟山的连环画呈现在读者面前：如猛兽奇鬼、森然欲与人搏斗的侧立大石，闻声惊起的山上棲鹘，如老人咳嗽发笑的鹳鹤等，一路写来，无不惟妙惟肖，使人有身临其境之感。

苏轼的题记、叙跋等杂文在苏轼散文中也占有很大比重。苏轼为人笃于友谊，交游广阔，且本人才高艺精，诗词书画无所不能。因而他写的书札、题记、序跋等品诗题画之作也特别丰富。这些短文往往信笔直书，不加雕饰，最易显示作者坦率、开朗、风趣的个性，某些文章根据作者本人或他人的创作体会，相当精辟地阐发了文艺创作中的规律问题。如《文与可画筼筜谷偃竹记》从文同画竹中悟出艺术创作的构思、灵感等问题：

> 故画竹必先得成竹于胸中，执笔熟视，乃见其所欲画者，急起从之，振笔直遂，以追其所见，如兔起鹘落，少纵则逝矣。

后世所谓“胸有成竹”的成语即从此脱胎而来。苏轼还有一些记述治学心得的杂文，往往深入浅出，颇多独到之见。如《日喻》以盲人识日和“没人”识“水之道”两个事例作比喻，形象地论证了“道可致而不可求”、“学以致其道”的道理，运用比喻通俗而贴切，把抽象的道理讲得浅明易懂，入木三分。

7. 汪洋淡泊的苏辙

一门三苏，向为文坛佳话。苏轼的弟弟苏辙同样是一位成就卓著的古文家。苏辙（1039—1112），字子由，与苏轼同年中进士。晚年隐居颍川，自号“颍滨遗老”，有《栾城集》流传后世。

苏辙与其兄苏轼一生志同道合，亲密无间。苏辙曾说苏轼对他“抚我则兄，诲我则师”，所作诗文颇受乃兄熏陶，风格有相近之处。但苏辙能名列八大家之中，也自有其独特的风格和成就。苏轼曾评苏辙其人其文说：“子由之文实胜仆，而世俗不知，其为人深不愿人知之，其文如其为人，故汪洋淡泊，有一唱三叹之声，而其秀杰之气，终不可没。”（《答张文潜县丞书》）汪洋淡泊而内含秀杰正是苏辙区别于其父兄之处。他在《上枢密韩太尉书》中提出自己的写作主张，以为“文者气之所形，然文不可以学而能，气可以养而致”。注意到客观阅历的重要性，注重生活的积累和对事物的体察。《黄州快哉亭记》、《武昌九曲亭记》等文章平和纡徐，明白晓畅，于汪洋淡泊之中融注着秀杰深醇之气，鲜明体现了他的散文的这种风格。

五、硝烟弥漫中的南宋散文

北宋末年，统治者荒淫无道，政治腐败，经济凋敝，国力衰微，民族矛盾日趋激烈。崛起于东北的女真族于1115年建立了金朝，并于宋钦宗靖康元年（1126）攻占北宋首府汴京（开封），虏走徽、钦二帝，北宋灭亡。次年，赵构在南京（今河南商丘）称帝，后迁都临安（今浙江杭州），偏安一隅，勉强维持半壁河山的统治。

山河破碎，故国沦亡，激起了无数仁人志士的爱国热情。南渡初期的散文，集中反映了因靖康之变导致的主战与主和的激烈争论，反映了社稷危覆、人民流离失所的深重灾难，慷慨激昂，壮怀激烈。像抗金名将宗泽《乞毋割地与金人疏》，抗金名相李纲《议国是》，太学生陈东《上高宗皇帝书》，一代名将岳飞《南京上高宗书》和《五岳祠盟记》，名将虞允文《论今日可战之机有九疏》，枢密院编修官胡铨《戊午上高宗封事》等都是力主抗金、反对妥协的著名散文。其中岳飞的《五岳祠盟记》是岳飞在抗击金兵行军途中的誓词，和他的词一样，也是“仰天长啸，壮怀激烈”，表现了同仇敌忾抗金到底的必胜信念，至今读来仍使人热血喷涌。胡铨的《戊午上高宗封事》面对投降派丧权辱国、投敌媚外的丑恶行径，怒不可遏地揭露了秦桧等人的滔天罪行，对一意偏安、屈膝求和的最高统治者也大胆地予以讥讽：

> 夫三尺童子，至无识也，指犬豕而使之拜，则怫然怒。今丑虏则犬豕也，堂堂大国，相率而拜犬豕，曾童孺之所羞，而陛下忍为之耶？

这是针对金人狂妄要求宋朝皇帝跪拜接受对方使者诏书一事而言。胡铨义愤填膺，置生死于不顾，决然表示“不与桧等共戴天”，“愿斩三人头竿之藁街”，并主张“羁留虏使，责以无礼，徐兴问罪之师”，“不然臣有赴东海而死耳，宁能处小朝廷求活耶?”文章一出，群臣振奋，奸佞失色，金人君臣为之夺气，而知中国有人，自是不敢南下近二十年。这类文章多出于政治家和军事家之手，没有从容的创作环境，不可能刻意求工。但因距北宋时代不远，受到前代古文大家的熏陶影响，更因不得已而作，多肺腑之言，因而更显得自然流畅，义正词严，具有很强的逻辑性和艺术感染力。

南宋中叶，偏安局面大体形成。散文作家也由南渡初期的政治家或军事将领改为文士，并且多为诗人、词人而兼擅散文。代表作家有陆游、辛弃疾、陈亮、叶适等。

陆游（1125—1210），字务观，号放翁，越州山阴（今浙江绍兴）人。他的一生始终主张抗金御敌，中年时还曾到川陕一带前线参加对敌斗争，创作了大量充满爱国激情的诗歌作品，在散文创作方面也颇有造诣。他的序跋记铭之类，或叙述生活经历，或抒发思想感情，不时闪现着爱国主义的光辉。如《静镇堂记》、《铜壶阁记》、《书渭桥事》、《傅给事外制集序》等颇能体现陆游散文的成就。他的《入蜀记》6卷，颇多优美的游记小品，笔致简洁而饶有情韵。随笔式散文集《老学庵笔记》，内容丰富，情文并茂，具有重要的史料价值。

辛弃疾（1140—1207），字幼安，号稼轩居士，历城（今山东济南）人。他是南宋词坛领袖，而其政论散文也颇有大家风范。代表作有《美芹十论》、《九议》等。前者作于乾道元年（1165），详细分析了当时尖锐的民族矛盾以及女真族内部的种种矛盾，认为女真虚弱不足畏惧，且有“离合之衅”可乘，并就南宋方面如何充实国力、加强备战、利用人心向背方面的优势，抓住战机，恢复大业等重大国策系统地提出了自己的见解。乾道六年，辛弃疾又作《九议》上当时主战派宰相虞允文，论用人、论长期作战、论敌我长短、论攻守、论阴谋、论虚张声势、论富国强兵、论迁都、论团结，进一步阐发《十论》思想，提出恢复中原的具体建议。这些论文立论深刻透辟，言辞剀切，充分显示出辛弃疾经纶济世的非凡才能。当时著名学者刘克庄曾评其文“笔势浩荡，智略辐辏，有权书衡论之风”。

陈亮（1143—1194），字同甫，号龙川，婺州永康（今属浙江）人。曾因上书论国事而两次被诬陷入狱。他的政论文如《上孝宗皇帝书》、《中兴五论》、《酌古论》等气势雄浑、激昂慷慨、驳辩凌厉。在当时散文气格日益卑弱的情势下，读来令人奋发扬厉，热血沸腾。

叶适（1150—1223），字正则，号水心，永嘉（今浙江温州）人。他是南宋著名哲学家。在散文创作上汲取了北宋欧阳修、曾巩为文的某些特点，所作《上西府书》、《上孝宗皇帝札子》、《辨兵部郎官朱元晦状》、《北村记》等，对当时内外形势、时务利害有着深切的看法，艺术上则厚重精密而又气势奔放，在南宋散文中卓然自成一家。

12 世纪初，蒙古族开始崛起，1234 年，蒙古帝国灭金，构成对南宋小朝廷新的威胁。1279 年，元军攻占广东崖山，南宋最后灭亡。随着元军南侵的烟尘滚滚而来，南宋散文的发展也映放出一片璀璨的光彩。文天祥的《指南录后序》、《正气歌序》、《狱中家书》，郑思肖的《文丞相叙》、《心史总后叙》，陆秀夫的《拟景炎皇帝遗诏》，谢翱的《登西台恸哭记》等，强烈反映出亡国民族不甘臣服的壮烈意气和怀恋故国的黍离之感，风格上也一改质朴凝重或雍容典雅，而显得恳切、沉郁或悲壮，惊心动魄，感人肺腑，具有强烈的艺术感染力。

第五章　衰微与复兴：中国古代散文的最后发展

元明清三代是中国封建社会逐渐步入衰亡和没落的时期，也是资本主义经济逐步酝酿、萌芽和壮大的时期。这六百余年间的一个突出特点是，市民阶层在经济生活中的地位不断扩展、壮大，适合市民趣味的说唱文学、白话小说在南宋杂剧、南戏和话本的基础上继续发展，并达到空前的繁荣，产生了像《窦娥冤》、《西厢记》、《三国演义》、《金瓶梅》、《红楼梦》等一大批优秀的戏剧、小说杰作，使得在文学领域居正统地位的诗文失去了以往的光泽。但是，元明清三代尤其是明清二代诗歌、散文作家，作品数量之多，远远超过了以往历代，也是客观事实。不少诗歌、散文作品生动而真实地反映了封建社会后期错综复杂的社会矛盾，抒发了不同阶层人民的思想感情，在艺术上能够继承前代的优良传统并有所创新，成为元明清文学百花园中不可或缺的组成部分，有其重要的认识和鉴赏价值。

一、枯寂荒芜的元代文坛

建立在铁蹄和屠杀基础上的蒙古政权，对蒙古族以外的各个民族尤其是汉族人民采取残酷的压迫政策，文人多难，噤若寒蝉，唯恐触怒当朝统治者，惹来杀身灭门之祸。所以元代的散文多为经世致用、歌功颂德的论说文字，敢于真实地抒发自己思想感情的作品十分贫乏，以至明代著名学者王世贞称“元代没有文章”，虽属夸张，但也说明元代散文成就远不及唐宋。披沙拣金，戴表元、赵孟頫、虞集等人之作似还有些可读性。

戴表元（1244—1310），字帅初，庆元奉化（今属浙江）人，曾登宋朝进士。宋亡后以卖文养家糊口。入元后曾出任过一任教官。但内心淡泊，安于贫贱，身经宋、元易代的大动乱，所作诗文多伤时悯乱、悲忧愤激之词。《送张叔夏西游序》、《寒光亭记》、《清峙轩记》、《秋山记》等文章清深雅洁，被称为能化腐朽为神奇，在东南一带享有盛名。

赵孟頫（1254—1322），字子昂，号松雪道人。曾任刑部主事、翰林学士承旨，封魏国公。他的诗文、绘画、书法都很有名，并将绘画、题诗、书法完美地结合在一起，开创了元代画风，影响所及十分深远。在中国文学艺术史上享有盛名。他的题画文，文中有画，饶有情味，如《吴兴山水清远图记》记画中山水的位置，山上之树木土石、山下的水中蒹葭，读后使人有身临其境之感。《题李仲宾野竹图并序》说：“吾友李仲宾为此君写真，冥搜极讨，盖欲尽得竹之情状，二百年来以画竹称者皆未必能用意精深如仲宾也。此野竹图尤诡怪奇崛，穷竹之变，枝叶繁而不乱，可谓毫发无遗恨矣。”描写客观而具神韵，即使未见那幅画图，也不难从此文中想象出来，显示了作者既是文人又是画家的独到之处。

虞集（1272—1348），字伯生，祖籍仁寿（今属四川）。曾任翰林直学士兼国子祭酒，奎章阁侍书学士等要职。他是元代最有影响的文臣之一，也是元代最负盛名的诗文家，撰写了大量朝廷典册、公卿碑铭，以讲究文辞、博洽精微著称于世。并以此奖掖后进，倡导理学，影响了一代文风，除大量应酬文字外，也还有一些书信传记文，时时流露出作者的真实思想感情。如《陈炤小传》记述宋代进士陈炤坚守常州以身殉城的事迹，十分感人。《答刘桂隐书》赞扬刘氏不仕元朝，寓意深远，反映出较强的民族意识。

二、明代散文流派的频繁兴衰

1. 文风淳朴古淡的明初作家宋濂和刘基

元末农民大起义结束了蒙古族在中原80余年的统治。1368年，朱元璋建立了明朝。某些由元入明的作家，身经易代之乱，对现实生活的感受较深，创作出一些内容充实、淳朴古淡的作品，对扭转元末纤弱委靡的文风起到一定作用。代表作家有宋濂、刘基。

宋濂（1310—1381），字景濂，号潜溪，金华（今属浙江）人。元朝时曾被荐为翰林编修，以亲老辞，朱元璋称帝后任他为江南儒学提举。洪武二年（1369）奉命修《元史》，为总裁官。当时朝廷祭祀、朝会、诏谕、封赐等文章多出其手，被誉为“开国文臣之首”。他以继承儒家道统为己任，提倡为文明道致用，宗经师古，取法唐宋。所作传记散文颇有特色。如《王冕传》十分鲜明地刻画出王冕豪放孤傲的性格，对王冕少年时嗜学如醉如痴的事迹描绘得栩栩如生。《记李歌》记述生于娼门的少女李歌，维护自己的尊严，断然拒绝和反抗包括县令在内的阔人恶少的诱惑、欺辱。出嫁之后，终与丈夫同时遇难而殉节。赞扬了下层妇女洁身自持、维护尊严的不屈性格。宋濂的写景散文也颇多佳作，如《环翠亭记》写亭外竹林的雨后景观，秀丽清新，令人恍若置身其中，饶有情趣。

刘基（1311—1375），字伯温，青田（今属浙江）人。辅佐朱元璋击败陈友谅、张士诚等，为明王朝开国元勋之一。他的散文内容丰富，体裁多样。元末隐居时所写的《郁离子》全面论述了他的哲学、政治、伦理、道德观念，其中杂有不少尖锐泼辣的寓言和小品文，揭露了统治集团的昏聩腐朽、贪婪自私。如《楚有养狙以为生者》写狙公强迫众猴子到山中采集草木果实以供奉自己，后来众猴醒悟过来，某日“伺狙公之寝，破栅毁柙，取其积相携而入于林中，不复归。狙公卒馁而死”，揭示了统治者压榨百姓必遭反抗的道理，生动、有趣，也很深刻。《郁离子》以外，他的寓言《卖柑者言》也很有名。写景散文如《松风阁记》、《游云门记》、《白云山舍记》等意境优美，描写细腻，颇有唐宋名家风范。

2. 前后“七子”对“台阁体”的反对

随着明王朝统治地位的逐渐巩固，文网也日趋严密。统治者一方面采用笼络政策，提倡理学，以《四书》、《五经》等为内容进行八股取士；一方面采取高压政策，使得众文人不得不谨小慎微，脱离现实。于是内容贫乏、文气冗弱的“台阁体”应运而生。“台阁体”流行于永乐至成化年间（1403—1487），代表作家

万壑争流图轴（局部）（明·文征明）

江山楼阁图（清·陈卓）

有杨士奇、杨荣、杨溥，他们都曾官至大学士，是所谓“台阁重臣”，一时朝廷奏议皆出其手。所作散文内容上歌功颂德、粉饰太平，脱离社会现实；艺术上貌似雍容典雅，实则徒有工丽的形式。由于统治者的提倡，一般利禄之士竞相仿效，致使肤廓、空泛的文风流行近 80 年之久。

明中叶以后，台阁体散文的弊端日渐暴露，一些有识之士大声疾呼，思革其弊。其中从内容到形式给台阁体以有力打击的首推前后“七子”。前后“七子”是两个文学集团，“前七子”以李梦阳、何景明为首，包括徐祯卿、边贡、康海、王九思、王廷相；后七子以李攀龙、王世贞为首，包括谢榛、宗臣、梁有誉、徐中行、吴国伦。他们主张“文必秦汉”、“诗必盛唐”，对消除台阁体、八股文的恶劣影响有一定功绩，也创作了一些面对现实，揭露黑暗的作品，如宗臣《报刘一丈书》等。但他们过分强调模拟，以为不如此不能得古人精髓，致使其文佶屈聱牙，艰深古奥，大大减弱了文章的感染力和可读性。

3.“唐宋派”与归有光

前后“七子”在理论和创作方面的偏颇使得王慎中、唐顺元、茅坤、归有光等，在肯定先秦两汉散文传统的同时，转而强调学习唐宋八大家的散文，世称“唐宋派”。茅坤编选《唐宋八大家文钞》，作为学习典范，在当时和后世都产生了很大影响。“唐宋派”在学习古人的同时，又主张直抒胸臆，信手拈出，自具面目。所以他们的文章具有文从字顺、朴素自然的特点，其中成就最突出的当属归有光。

归有光（1507—1571），字熙甫，号震川，昆山（今属江苏）

人。自幼刻苦攻读，9 岁能作文。官至太仆寺丞。著有《震川先生集》。他生活的年代，正值以文坛领袖王世贞为代表的后七子声势煊赫之时，归有光对他们泥古不化、走入歧途深为不满，主张“变秦汉为欧曾”。在创作方面，他以简洁朴素的文笔，写出了一些记叙往事、哀悼亲人、抒情气息颇为浓厚的优秀作品。如《项脊轩志》、《先妣事略》等。《项脊轩志》围绕一间“室仅方丈，可容一人”的小书斋，抒写了自己在简陋环境刻苦读书的乐趣。娓娓叙来，简洁生动，朴实无华，同时也穿插回忆了家庭中几件使人终生难忘的小事，刻画亲人的音容笑貌，生动细腻，宛在目前，字里行间渗透着人亡物在、世事沧桑的感触。前人曾评其文“无意于感人，而欢愉惨恻之思，溢于言语之外”，确实抓住了归有光某些优秀文章的特点。

4. 晚明小品的灿烂火花

唐宋派自身也存在着明显的局限性，他们的文章道学气较重，在学习古人方面也较肤浅，往往停留在文章的开阖起伏方面，难免重复前七子的歧途，未能深入人心。所以当“后七子”“文必秦汉”的复古思潮再度盛行时，“唐宋派”的影响几乎烟消云散。真正彻底摆脱模拟弊端，创作出自具性灵的作品要到嘉靖（1522—1566）末年以后。这个时期资本主义经济萌芽的蓬勃发展，孕育出一股朦胧追求个性解放的思想潮流。著名思想家李贽针锋相对地提出“诗何必古选，文何必先秦”等观点，见解不俗。在这股思潮影响下，作家们反对前后七子的拟古，已不再像唐宋派那样“变秦汉为欧曾”，而是站在文学应反映“童心”、“性灵”这样高层次的理论基础上，批判拟古主义对文学创作个性的扼杀。在艺术形式上，往往具有格局短小、活泼自由、清丽隽永等特点。因此这一时期的散文，一般都称为“晚明小品”。

“晚明小品”的代表作家，首推袁宗道、袁宏道、袁中道兄弟三人。因其籍贯为湖北公安，故世称“公安派”。他们受李贽的影响，认为文学随时代而发展，不能厚古薄今，以古非今。在创作上则反对模拟古人，主张“独抒性灵，不拘格套”，并且认为优秀作品应是自“胸中流出”，故不必堆砌典故。所以他们的文章具有形式活泼自由，文笔清丽可喜的特点。三袁之中以袁宏道成就最高，他的散文清新流畅，文笔秀逸。传记文《徐文长传》笔墨酣畅，生动鲜明，写出了徐文长耿介孤傲的品质和反抗传统的人生态度。游记文《满井游记》描写京郊初春景色，纯用写实手法，描摹细腻，情致盎然，清词丽句，充满生气，是闲适山水小品文中的优秀作品。其他如《虎丘记》、《晚游六桥待月记》、《初至西湖记》等也具有挥洒自如，清新活泼，情味隽永的特点，读来沁人心脾，清爽宜人。

三袁的主张和创作，扭转了文坛风气，受到当时文士的普遍欢迎。在他们的影响下，出现了一批优秀的小品文作家，如钟惺、谭元春、王思任、刘侗、张岱等，而以张岱的成就最高。

张岱（1597—1689），字宗子，号陶庵。山阴（今浙江绍兴）人。出身于显赫的仕宦家庭。明亡后，披发入山，安贫著书。回首二十年前繁华靡丽的生活，写成《陶庵梦忆》和《西湖梦寻》二书，以抒发他对故国乡土的眷恋之情。他在散文创作方面汲取了公安派和钟谭为代表的竟陵派二家之长，并能弃两家之短而卓然自成一家。在题材上博观约取，举凡世态风情、山川古迹、戏曲古董等一到他的笔下，无不活泼清新，幽默诙谐、趣味盎然。如《西湖七月半》记述杭州人七月十五游西湖的风俗，以幽默活泼的笔调，刻画了不同社会阶层人物的不同情态，着力讥讽了富贵人家纨绔子弟的附庸风雅。描摹景色惟妙惟肖，刻画人物活灵活现，令人叹为观止。《湖心亭看雪》将西湖雪景描绘得逼真如画，神韵生动：

> 大雪三日，湖中人鸟声俱绝。是日更定矣，余拿一小舟，拥毳衣炉火，独往湖心亭看雪。雾凇沆砀，天与云、与山、与水，上下一白，湖上影子惟长堤一痕、湖心亭一点、与余舟一芥、舟中人两三粒而已。

此外，《虎丘中秋夜》、《金山竞渡》、《扬州瘦马》、《西湖香市》等也都是为人熟知的小品文经典作品。张岱描写人物动作语态的小品文也写得相当传神，如《柳敬亭说书》把著名说书艺人柳敬亭说武松打虎一节描绘得入木三分，令人赞叹不绝。

除小品文外，晚明时期还有部分作家创作出一些慷慨激昂、奋发激励的作品。如张溥的《五人墓碑记》记述了苏州人民与魏忠贤阉党进行壮烈斗争的事迹，颂扬了苏州人民前仆后继，为正义而献身的不朽精神。文章夹叙夹议，慷慨悲壮，气势充沛，尤其是描写五位市民英勇就义的场面，令人热血沸腾，振奋不已。少年英雄夏完淳在英勇就义前，用血泪写成的《狱中上母书》、《遗夫人书》、《土室余论》，感情充沛，悲壮动人，具有很强的艺术感染力。这些作品，都为晚明散文的繁荣增添了绚丽的光彩。

三、崇尚学术与清代散文家的学者化

1. 黄宗羲、顾炎武、王夫之的学人之文

1644 年，清朝统治者占领北京，并逐步统一了中国，建立了中国最后一个封建王朝。清人入主中原初期，尖锐的民族矛盾必然反映到进步文人的作品中，以黄宗羲、顾炎武、王夫之为代表的思想家，反对清廷的民族压迫和文化专制，反对程朱理学在意识形态方面的统治。在散文创作上，也一改晚明闲适小品的风格，而显得风骨遒劲，凝练劲健，取得了可观的成绩。

黄宗羲（1610—1695），字太冲，号梨洲，余姚（今属浙江）人。明末以反对阉党著名。清兵入关后，积极投身抗清复明运动。后隐居著述，屡征不出，表现了坚定的民族气节。黄宗羲著作宏富，他的《明夷待访录》深刻地批判了封建专制制度，带有明显的民主思想色彩。风格上纵横恣肆，宏伟朴茂，鲜明地表现了黄宗羲为文的一贯特点。作为对明朝历史典故极为熟悉的史学大家，且又亲身经历过轰轰烈烈的抗清运动，所以他为许多忠臣、义士写的碑志传状文章，能从各个角度反映明清异代之际的社会面貌。明末东林、复社同宦官的斗争，南明政权内部抗战派与投降派的斗争，坚持抗清，义不投敌的忠臣义士等，写来无不逼真传神，具有很高的史料价值和文学价值。

顾炎武（1613—1682），字宁人，号亭林，昆山（今江苏）人。青年时参加反对宦官的“复社”，明亡后投身抗清斗争，清廷曾多次逼迫他参加编修《明史》，均遭严词拒绝，表现了坚定

的民族气节和不屈精神。顾炎武治学严谨，反对空谈，注重辨别源流，开清代朴学风气。在经学、音韵、史学、文学等方面都有很深的造诣。他的论说文如《与友人论学书》等，以其凝练劲健、笔锋犀利享有盛誉。记叙文《吴同初行状》，赞扬了吴沅在昆山抗清、壮烈殉节的精神，揭露了清兵屠城的残暴罪行。读来情景历历，宛在目前，也有很高的艺术价值。

王夫之（1619—1692），字而农，号姜斋，人称船山先生，衡阳（今属湖南）人。明亡后曾举兵抗清。晚年隐居著述，精于经学、史学、文学，总结和发展了中国传统的唯物主义思想，是中国启蒙主义思想的先导之一。他的著述极为宏富，《读通鉴论》和《薑斋文集》中的散文，表现了朴素唯物主义思想，感情洋溢，纵横恣肆，颇有大家气度。代表作有《知性论》、《老庄申韩论》、《先妣谭太孺人行状》、《船山记》等。

2. 侯方域、魏禧、汪琬的文人之文

黄宗羲、顾炎武、王夫之都是著名的思想家和学者。他们集中代表了“学人之文”的成就。而清初另外一些作家，如侯方域、魏禧、汪琬等在讲究规矩法度、开阖起伏及追求文章的形象性和感染力方面都有值得称道之处，人称“清初三大家”。他们是“文人之文”的优秀代表。

侯方域（1618—1655），字朝宗，商丘（今属河南）人。少年时曾主盟复社，与东南名士交游，声名很盛。入清后参加乡试为副贡生。36岁时抑郁而死。他的散文以才气见长，能突破古人为文法度而自出机杼，常有极其生动的描写。如《李姬传》刻画品行高洁、聪慧侠义的李香君，有声有色，形象逼真。《马伶传》

描写了一个锐意进取的演员，情节曲折，生动感人。《任源邃传》刻画了一个奋勇抗清的平民百姓形象，令人肃然起敬。这些散文汲取了唐代传奇笔法，具有某些小说特征，显示了较高的艺术性。他的议论文如《癸未去金陵日与阮光禄书》，痛斥权贵，词严气盛，洋洋洒洒，纵横驰骋，也很有感染力。

魏禧（1624—1681），字冰叔，号裕斋，宁都（今属江西）人，著有《魏叔子文集》等。他生平喜好《左传》和苏洵的文章，故为文也具有凌厉雄健、刚劲有力的特点。代表作有史论《蔡京论》、《隽不疑论》，传记文《江天一传》、《刘文炳传》、《大铁椎传》等。史论善评古人是非得失，传记文则多记抗敌殉国、坚持操守之士，显示出强烈的民族意识。

汪琬（1624—1691），字苕文，号钝庵，长洲（今江苏苏州）人，著有《钝翁类稿》等。他的散文力求纯正，具有简洁平实、表达舒畅的特点。在当时文名甚高，曾举博学宏词科，为翰林院编修。代表作有《绮里诗选序》、《尧峰山庄记》、《陈处士墓表》等。

3. 影响深远的桐城派

清朝的康熙、雍正、乾隆三朝，政治较为稳定，经济比较繁荣，号称“康乾盛世”。这个时期文人的民族意识已趋于淡化，程朱理学再度抬头，适应统治者的要求，考据成为学者们竞趋的新学。在这种形势下，出现了清代最著名的散文流派——桐城派。桐城派的代表人物方苞、刘大櫆和姚鼐都是安徽桐城人，桐城派由此得名。

方苞（1668—1749），字凤九，一字灵皋，号望溪。他首创

“义法”说，提出了比较系统的散文理论，要求文章言之有物，并强调行文的结构严谨和语言省净。方苞自己的创作，也以所标“义法”及“雅洁”为旨。如《左忠毅公逸事》通过渲染左光斗几个颇富典型性的生活细节，十分突出、生动地刻画了左氏耿直忠烈、爱惜人才的性格特点，赞扬了左光斗、史可法师生之间的亲密友情和以国事为重的优秀品质。由于受戴名世《南山集》文字狱案的牵连，方苞一度被关押在江宁和京城监狱。所作《狱中杂记》以确凿的事实，揭露了封建司法制度和监狱管理的残酷和黑暗，有力控诉了惨无人道的封建统治。这些文章都写得简练雅洁，组合有序，没有枝蔓芜杂的毛病，对清代散文的发展有重要影响。

刘大櫆（1698—1779），字耕南，号海峰。他与方苞并无师承关系，但早年即为方苞推重，颇能传其家法。他的《论文偶记》一书指出行文诸要素：神气、音节、字句三者之中，神气最重要，主张“行文之道，神为主，气辅之”，又认为“求神气而得之于音节，求音节而得之于字句”，进一步丰富了桐城古文理论。他的创作喜欢排比，有风云变幻之态，与方苞等人的雅洁淡远有所不同。代表作有《焚书辨》、《马湘灵诗序》、《送姚姬传南归序》等。

姚鼐（1732—1815），字姬传，室名惜抱轩，人称惜抱先生。他是桐城派的集大成者，继承了方苞的义法论和刘大櫆的声气论，并且有新的发展。他主张义理、考据、辞章并重，提出神、理、气、味、格、律、声、色为文章八大要素，又创文章有阳刚阴柔之说，成为后世桐城派文人风格论的基础。同时他又编选了

74 卷《古文辞类纂》，为古文写作推出典范，影响极为深远。他本人的创作以简洁清淡、雍容和易著称，议论文如《李斯论》、《贾生明申商论》，序跋如《刘海峰先生八十寿序》、《荷塘诗集序》，游记文如《登泰山记》等都具有这种特点。

姚鼐晚年主持梅花、紫阳、敬敷诸书院四十年，门人弟子众多。加上作为刘大櫆后学的恽敬、张惠言为代表的阳湖派，桐城派的影响遍布广西、江西、湖南、江苏、浙江、山西等。但总而言之，桐城派笔力平弱，规模狭小，反映现实内容的优秀作品不多，至“五四”新文学运动时，被钱玄同等视为“桐城谬种”，受到猛烈批判，桐城派的影响逐渐消失。

4. 清代骈文的复兴

清代又是骈文复盛的时代，骈文在东汉至南北朝为其鼎盛时期，历唐宋至元明而趋于衰落。清初学术空气浓厚，一扫明人浅陋空疏的余习，上述黄宗羲、顾炎武、王夫之等人的文章即带有浓厚的学术气息。特别是雍正、乾隆以后，崇尚考据的朴学盛行，文人们大都学问广博，胸中典实丰富，为写作骈文带来极大便利。李兆洛编《骈体文钞》，意图与当时姚鼐的《古文辞类纂》相抗衡，在当时很有影响。著名朴学家阮元在理论上进一步为骈文鸣锣开道。由于他声隆位高，门人众多，影响之大，可以想见。在他们的影响下，清代出现了众多骈文作家，其成就足以超过唐宋而上追六朝。这些众多的骈文作家又大致可分为宗法唐人与取法六朝两种类型。前者以陈维崧声名最著名，后者以汪中成就最高。

陈维崧（1625—1682），字其年，号迦陵，宜兴（今属江苏）

人，曾任翰林院检讨。后人编其骈体文为《陈检讨四六》。他的文章气势雄伟，情节丰富，如《与芝麓先生书》、《余鸿客金陵咏古诗序》、《苍梧词序》等，都写得跌宕悱恻，具有很强的艺术感染力。

汪中（1745—1794），字容甫，江都（今属江苏）人。出身孤苦，一生过着贫寒清苦的生活。他的骈文收入《述学外篇》，高古醇雅，在清代众多作品中一向被认为格调最高。《哀盐船文》对扬州江面某次渔船失火时，人声哀号，衣絮纷飞的惨状和火灾前后的氛围作了极为形象的刻画，对船民的不幸遇难寄托了深切的同情，描写生动、凄厉动人。《吊黄祖文》借古人祢衡“虽枉天年，竟获知己”的遭遇，寄寓着自己的不平和牢骚。《经守苑吊马守真文》对明末名妓马湘兰的沦落风尘寄以同情和悼念，表现出一个具有正义感的士人对封建礼教的强烈愤慨。其他如《自叙》、《广陵对》、《汉上琴台之铭》、《黄鹤楼铭》等无论叙事或抒情，都写得情致高远、余味深长，而且属对精当，用典贴切，深得六朝骈文的神韵。

四、近代散文概观

从1840年鸦片战争前后到1919年五四运动前夕的散文，一般称为近代散文。这个时期桐城派古文虽然仍为文坛霸主，但是随着时代危机逐渐加深，新思想、新思潮的不断涌现，散文创作也出现了新的潮流。首先是经世致用之文受到重视。资产阶级改良主义的先驱者龚自珍和魏源等用自己的文章传播进步思想。

龚自珍（1792—1841），字璱人，名巩祚，号定盦，浙江仁和（今浙江杭州市）人。他写了许多切合实际的政论文，往往以古喻今，讥切时政，在当时被视为禁忌，他的寓言小品、杂文也具有很强的批判性。如备受称赞的《病梅馆记》显示了作者冲破清王朝严密的文网统治，传播进步思想的决心。作者表面上记述置馆疗梅，实际上对清朝统治者以正统思想毒害文人表示了强烈愤慨。在风格上简括之中有铺张，直率之中有奇诡，瑰丽之中有古奥，开创了散文创作的新风气。

魏源（1794—1857），字默深，湖南邵阳人。早年编有《皇朝经世文编》，提倡经世致用之文。鸦片战争时曾参与浙江抗英战役。因朝廷主和，愤而归隐，著成《圣武记》14 卷，又受挚友林则徐嘱托，编撰《海国图志》，系统介绍世界各国状况。并针对外国资本主义列强的侵略，提出“师夷长技以制夷”的主张。其文风朴实晓畅，说理明晰，逻辑性强，也冲破了桐城古文义法的藩篱。

1894 年中日甲午战争以后，改革的呼声日益高涨，终于导致戊戌维新变法运动。这场运动的中心人物康有为、谭嗣同和梁启超为适应开通“民智”和扩大社会影响的宣传需要，提倡进行文字改革和语文合一，并创作了一批宣扬资产阶级改良思想的新体散文。其中成绩最著者当属梁启超。

梁启超（1873—1929），字卓如，人称任公，别署饮冰室主人，广东新会人。他追随康有为，致力于变法图强，抵抗外侮。创办过《时务报》、《新民丛报》等多种报刊。他的文章多为报章而作，数量宏富，举世无二。曾自评其文说：“务为平易畅达，时杂以俚语、韵语及外国语法，纵笔所至不检束，学者竞效之，号新文体。”（《清代学术概论》）所作政论文如《变法通议》、《排外平议》、《新民说》、《袁政府伪造民意密电书后》、《辟复辟论》等，语言畅达，说理深透，逻辑性强，笔端常带情感，有很强的说服力。早期传记文如《戊戌政变记》继承传统笔法，叙事谨严，刻画人物鲜明生动；后期传记文借鉴西方夹叙夹议的评传体，强调传记的历史性，代表作有《李鸿章传》、《南海先生传》等。杂文《少年中国说》、《呵旁观者文》、《过渡时代论》等，情感奔溢，语言自由，无所顾忌，唯求明达，对思想解放和文体解放起了巨大的推动作用。

第六章　从文言走向白话的现代散文艺术

当历史的车轮推进到二十世纪第二个十年的时候，伴随中国资本主义的进一步发展，西方科学和民主思潮的大量输入，尤其是俄国十月革命的影响，一些觉醒的先进知识分子便产生了民族解放的希望，并出现了一个以反帝反封建为内容的思想革命和文化启蒙运动。适应这种思想革命形势的要求，在文学领域也出现了一个以反对旧文学提倡新文学的“五四”新文学运动，又称“五四”文学革命。在此期间，西方近代文艺理论被大量翻译介绍进来，散文的概念得到了新的确定。举凡杂感、短评、随笔、游记、书信、报告、通讯、特写等都可归入它的范畴。散文成为与诗歌、小说、戏剧并列的一种文学体裁。议论性散文、抒情性散文和叙事性散文都得到了前所未有的发展。

一、匕首与投枪——鲁迅的杂文

在“五四”以来的现代散文创作中，最早得到发展的是议论性散文。适应当时蓬勃开展的思想启蒙运动的需要，议论说理性文字首先大量见诸报章杂志。除政治、社会性论文外，李大钊、陈独秀等在《新青年》杂志上也发表过一些具有文学色彩的议论文。《新青年》从第4卷第4号（1918年4月）起，还增设《随感录》栏目，相继发表了陈独秀、刘半农、钱玄同等人撰写的一些随笔短语。1918年12月创刊的《每周评论》和1919年8月创刊的《新生活》杂志也都设有《随感录》栏目，发表过不少短小精悍、生动活泼、议论透辟、文学色彩浓厚的优秀作品。诸家之中，又公推鲁迅的杂文最为精辟。

鲁迅（1881—1936），原姓周，幼名樟寿，字豫才。1898年起改名树人。浙江绍兴人。1902年在南京江南陆师学堂附设矿路学堂毕业后赴日留学，入东京弘文学院。在日期间积极参加抗清斗争。1909年8月回国。1912年中华民国临时政府成立后，在教育部任科长、佥事等职。1918年初，参加陈独秀主编的《新青年》的编辑工作，积极投身新文化运动，1918年5月后，陆续在《新青年》上发表了许多杂感和论文。后收入《热风》和《坟》中。这些作品尖锐泼辣，识见精深，对当时社会上一切愚昧落后的封建残余进行了毫不留情的批判。他在《热风·题记》中总结这个时期的杂文说："有的是对于扶乩，静坐，打拳而发的；有的是对于所谓'保存国粹'而发的；有的是对于那时旧官僚的以经验自豪而发的；有的是对于上海《时报》的讽刺画而发的。"如作者抨击那些大肆吹嘘保存"国粹"的顽固派，"偏要勒派朽腐的名教，僵死的语言，侮蔑尽现在"，"都是'现在的屠杀者"'（《随感录五十七》）。指出如果还要保存"国粹"，其严重后果是"中国人要从世界人中挤出"（《随感录三十六》）。识见卓越，至今仍具启发意义。

1925年前后，鲁迅参加了语丝社，组织和领导了莽原社、未名社，继续在文化领域作战。在“三一八”惨案等多次斗争中，他的散文从广泛的社会批评转到了激烈的政治斗争。如《论“费厄泼赖”应该缓行》对资产阶级自由主义和传统的中庸之道作了尖锐抨击，提出了“痛打落水狗”的主张，具有重大现实意义。这个时期的杂文收在《华盖集》、《华盖集续编》和《坟》的后半部。1927 年大革命失败后，鲁迅在白色恐怖下，继续坚持写作，结集的杂文有《而已集》、《三闲集》、《二心集》、《南腔北调集》、《伪自由书》、《准风月谈》等。日本入侵我东北以后，鲁迅会同文艺界先进知识分子，为结成文艺界抗日统一战线奋斗不息。在他生命的最后三年中，不顾积劳成疾，仍坚持创作大量杂文，强调抗日救国，并结集成《花边文学》、《且介亭杂文》、《且介亭杂文二编》、《且介亭杂文末编》。

除创作了大量杂文外，鲁迅还著有《野草》（实际上是散文诗）、《朝花夕拾》两本散文集。前者构思奇特，大量运用了象征性著作手法，寓意深远，反映了作者的复杂的情怀；后者则以沉郁的感情追忆了从童年到青年时代的生活片断。

鲁迅毕生从事杂文写作，是中国现代杂文的开拓者。出版杂文集 17 部，为祖国和人民留下了丰富的精神遗产，在现代散文史和现代文学史上都有着极其重要的地位。

二、瑰丽多姿的抒情散文

“五四”时期在新旧学的激烈对垒中，抒情性散文的产生和繁荣具有十分重要的意义，充分证明“旧文学的示威，在表示旧文学之自以为特长者，白话文学也并非做不到”（鲁迅《小品文的危机》）。其出现稍晚于杂文，但发展迅速，作家众多。举其最著者，当有周作人、朱自清、谢冰心等。

1. 恬静闲适的周作人散文

周作人（1885—1967），原名櫆寿，字启明，后改名遐寿，自号知堂，浙江绍兴人。1901年秋入南京水师学堂，始用周作人名。1906年赴日留学。回国后任北京大学文科教授等职。参加发起了“文学研究会”，《语丝》周刊创刊后，周作人作为“语丝派”主要成员之一，创作了大量着重“社会批评”和“文明批评”的散文。并先后结集为《自己的园地》、《雨天的书》、《谈虎集》等。他最早在理论上从西方引入“美文”概念，提倡文艺性的叙事抒情散文。他的《碰伤》、《卖汽水的人》、《乌篷船》、《谈酒》、《吃茶》等名篇，追求知识、哲理和趣味的统一。风格平和冲淡，恬静闲适，胡适曾称扬说：“这几年来，散文方面最可注意的发展，乃是周作人等提倡的‘小品散文’。这类的小品，用平淡的谈话，包藏着深刻的意味。”（《五十年来中国之文学》）

2. 清新秀丽的朱自清散文

朱自清（1898—1948），字佩弦，原籍浙江绍兴。1916年入北京大学就读。他是文学研究会早期会员，积极参加新文学运动。并于1924年出版了他的诗文合集《踪迹》。1925年起任清华大学教授，创作方面转以散文为主，于1928年出版第一部散文集《背影》。集中所作，均为作者真切的见闻和独到的感受，尤其是那些写景抒情的篇章或平淡朴素或清新秀丽，无不脍炙人口，备受赞誉。如描写秦淮河风光的《桨声灯影里的秦淮河》，风格绮丽纤秾，情景交融；抒写静夜独自漫步池边的《荷塘月色》运用对于音乐和色彩的感受，作了巧妙的比喻和联想，令人叹绝；《背影》则纯以朴实无华的文字，真挚强烈的感情，勾画了父子离别的凄切场景。

3. 读者最知心的朋友——冰心

冰心（1900—1999），原名谢婉莹，福建长乐人。1923 年毕业于燕京大学文科。她是“五四”时期最知名的女作家之一，文学研究会重要成员。她的散文主题经常赞颂母爱、童心和美好的大自然风光。1921 年发表的《笑》，抒发了洋溢在心中对于生活的爱，委婉隽秀，被认为是新文学运动初期一篇具有典范意义的美文。1922 年发表的《往事》，叙述了童年时代留下的一些深刻而清晰的印象，温柔细腻，略见伤感，具有较强的艺术感染力。1923 年秋至 1926 年，她在美国威尔斯利女子大学研究院攻读英国文学。在此期间，她以做小读者最热情最忠实朋友的态度，将自己在异国中所见所闻，以通讯的方式，陆续写作成 29 封信发表于《晨报》，并结集为《寄小读者》，这部散文集是冰心的代表作。文笔清新隽丽，耐人寻味，在当时产生了广泛的影响。其独特的艺术风格曾被称为很有魔力的“冰心体”，受到郁达夫等文坛知名作家的高度评价。

上述作家以外，现代文学早期经常从事散文创作的知名作家还有郭沫若、徐志摩、郁达夫、俞平伯、许地山等，他们也发表过一些抒情佳作。郭沫若的《星空》、《橄榄》、《水平线下》等集子中的散文诉说内心的感受和社会的黑暗，情调激越高昂。徐志摩的散文，直抒胸臆，艺术上刻意追求，辞藻华丽，情感浓郁。作品集有《落叶》、《自剖》等。郁达夫的《还乡记》、《还乡后记》、《日记九种》等篇章极其坦率地剖白自己内心的苦闷和愤慨，抒发自己对情爱的渴望，清新流畅，激情澎湃。俞平伯的散文受周作人影响，结集有《燕知草》、《杂拌儿》、《杂拌儿之二》、《燕郊集》等，多写江南风物，文笔含蓄委婉，讲究趣味，饶有风致。1923 年 8 月，俞平伯与朱自清同游秦淮河，相约写了同题散文《桨声灯影里的秦淮河》，俞作情景交融，婉转惆怅，与朱氏所作风格相异而同称名作，并为双绝，向被视为文坛佳话。许地山的散文主要收入《空山灵雨》集中，多为对往事的回忆，但字里行间寄寓着对人生的思虑和玄想。集中的《落花生》一篇以朴实、淳厚的情致，表示了一种脚踏实地的人生态度，是“五四”时期散文中的名篇。

三、闪现着时代火花的叙事散文

1. 报告文学的迅速崛起

奔腾不息的时代革命浪潮造就了中国现代叙事散文，并迅速产生了较为成熟的作品。1920 年，瞿秋白被北京《晨报》和上海《时事新报》聘请为特派记者，赴苏俄考察。在苏期间，他广泛、深入地进行社会调查，研究苏俄的历史和现状，先后出席过远东劳苦人民大会和共产国际第四次代表大会，在会议期间会见过列宁，并著成《饿乡纪程》和《赤都心史》两部散文集。前者记

“自中国至俄国”之路程，后者记1921年在苏俄期间所见所闻所思所感。这两部散文集最早向中国人民如实地报道了十月革命后俄国的真相，也反映了作者由向往俄国革命到逐渐信仰共产主义的思想历程。在艺术上清新奔放与雄浑沉着相交织，情感热烈，动人心弦，是现代散文中较早出现的报告文学优秀作品。1925年“五卅”惨案后，叶绍钧《五月三十一日急雨中》、茅盾《暴风雨》、郑振铎《街血洗去后》等作品以愤怒狂放的笔调，控诉了帝国主义制造“五卅”惨案的滔天罪行，表达了炽热的爱国主义激情，读后令人义愤填膺，热血沸腾。

报告文学在20世纪30年代获得突飞猛进的发展。1930年，柔石代表“左联”参加全国苏维埃区域代表大会，会后作有《一个伟大的印象》。作品以明丽而刚健的笔调，描绘了在革命斗争中锤炼出的共产主义新人。邹韬奋赴欧美游历考察后，将采访资料结集为《萍踪寄语》和《萍踪忆语》，写法独特，真挚隽永，富有文采。著名记者范长江1935年到四川随军采访，所写报道、游记汇编成《中国的西北角》，以朴实苍劲的文笔揭露了当时社会的黑暗，出版后震撼全国。七七事变后，他又写作报告文学集《塞上风云》、《西线风云》中的部分作品，渲染了日本侵略者强兵压境的危急气氛，激发了许多读者的爱国热情。

2. 血与泪的控诉

1936年，报告文学创作大面积丰收，涌现出夏衍的《包身工》和宋之的创作的《一九三六年春在太原》这样具有典范意义的作品。

夏衍（1900—1995），原名沈乃熙，号端先，浙江杭县人。

青年时期积极参加“五四”新文化运动，创办和编辑进步刊物《浙江新潮》。1920年赴日留学。回国后翻译、出版了高尔基的名著《母亲》。夏衍是我国现代著名戏剧家，曾改编、创作多种电影剧本和话剧。《包身工》是他在白色恐怖下冒着生命危险秘密深入日商纱厂调查三个月后写成的。以血淋淋的事实，揭露了日本帝国主义和中国封建势力联合对中国人民实行残酷剥削的罪恶。作品记述被诱骗到外国工厂进行强迫劳动的未成年姑娘们要在噪声、尘埃和湿气中劳动十二小时，即使生病也得不到片刻休息，“带工”老板宁愿赔棺材，也要她们做到死。作品描写的主要人物芦柴棒“每一分钟都有死的可能，可是她还有韧性地在那儿支撑”。作者警告殖民主义者，“当心呻吟着的锭子上的冤魂”。作品材料翔实，细节描写逼真可信，叙事和议论相结合的笔法使思想性和艺术性有机结合在一起，发表后产生了广泛的影响。

3. 草木皆兵的春天

宋之的（1914—1956），原名宋汝昭，河北丰南人。1936年6月发表于《中流》创刊号上的《一九三六年春在太原》，描述了作者在被围困的太原城中渴望春天的心情，嘲讽了山西统治者推行“防共”措施的恐怖统治。作品以事件为中心，将作者的所见所闻所感和新闻报道的片断材料剪辑在一起，一方面暗示西北革命力量的强大，同时又反映出阎锡山统治下的太原城中，反动势力惊恐万状和荒唐可笑的行动，如陕西“教育考察团”十几名成员在太原机场被当做嫌疑犯“擒获”，国民党飞机将娶亲时燃放爆竹误认为“有匪来扰”等，结构别致新颖，笔法冷峻犀利。

四、抗日战争和解放战争时期散文发展概观

从抗日战争全面爆发直至解放战争结束，伴随时代脉搏的不断变化，散文创作也产生了一些新的气象。这个时期虽然从总体上说成就不如二三十年代，但也自有其特色和艺术魅力。首先是杂文创作取得新的收获。巴人、文载道、周木斋、周黎庵、柯灵、风子、孔另境等人在号称“孤岛”的上海，以杂文为武器，同日本侵略者和汉奸走狗进行了特殊的战斗。他们收录在《边鼓集》、《横眉集》中的杂文或揭露侵略者灭绝人性的法西斯暴行，或揭示敌人外强中干，怯弱愚蠢的本质，预示其必然失败的历史命运，或鞭笞汉奸奴才们卖国求荣、助纣为虐的恶劣罪行，“每一篇文艺杂感的内容”，都“代表着纯洁的正义的大众的吼声”（孔另境《横眉集序言》），是痛击敌人的投枪和匕首。在大后方的作者中，郭沫若、聂绀弩、冯雪峰、夏衍、朱自清等都写了大量杂文，抨击黑暗，颂扬革命，激励广大读者为未来的新中国而奋斗。

相对而言，这个时期的抒情散文较少，但仍产生了一些较有影响的佳作，声名最著的作家当属茅盾和孙犁。

茅盾（1896—1981），原名沈德鸿，字雁冰，浙江桐乡人，是我国现代著名小说作家、文艺理论家和翻译家。1940 年 5 月他曾去延安参观、讲学近半年。北方人民团结一致、顽强不屈的斗争精神给了他极大的鼓舞，促使他运用象征手法写成托物言志的《白杨礼赞》。作品通过对白杨傲然挺拔、百折不弯精神的赞美，

歌颂了北方的农民，歌颂了“在华北平原纵横激荡用血写出新中国历史的那种精神和意志”，同时谴责了鄙视民众、消极抗日的顽固分子。文章熔叙事、议论、抒情于一炉，并巧妙地运用衬托、对比等手法，烘托白杨伟岸挺立的英姿，使之成为一种人格化的精神象征，饱含着对白杨的由衷赞叹之情。语言凝重，意境清远。茅盾发表于1941年初的《风景谈》也是一篇激荡着时代风云的优秀作品。此文通过描绘沙漠驼铃、高原晚归、延河夕照、石洞雨景、桃园即景、北国晨号等六个“风景”画面，表达了“自然是伟大的，人类是伟大的，然而充满了崇高精神的人类的活动，乃是伟大中尤其伟大者”的思想。并在一些画面中热情讴歌了抗日根据地的革命青年和以民族解放为使命的战士。六个描绘生动、多彩多姿的画面有机联为一体，以情写景，以景托人，蕴含理趣，思想性和艺术性达到较为完美的统一。

孙犁（1913—2002），原名孙树勋，河北省安平县人。高中毕业后曾在白洋淀畔的安新县教书。白洋淀的自然风光和当地劳动人民的生活习俗与思想美德，为他的文学创作提供了丰富的营养。1944年在延安鲁迅艺术文学院工作学习期间发表的《荷花淀》、《芦花荡》等小说以其清新细腻的风格引起文坛的注意。抗战结束后回到冀中参加土改，又陆续发表过一些小说和散文。其中《识字班》、《游击区生活一星期》、《白洋淀边一次小斗争》、《采蒲台的苇》、《织席记》等都是有一定知名度的作品。《游击区生活一星期》写作者在曲阳游击区一个星期的所见所闻，反映了当地人民对生活的热爱，对敌人的刻骨仇恨，对抗战必胜的信心和对敌斗争的残酷。《采蒲台的苇》将采蒲台迷人的景色和当地人民英勇、顽强、坚韧的精神结合起来，写出采蒲台之苇“不只是一种风景，它充满火药的气味和无数英雄的血液的回忆”，清新朴素、优美动人。

与抒情散文形成鲜明对照的是，由于客观形势的需要，报告文学得到迅速发展，成为这一时期最重要的文学体裁。几乎所有作家都运用这种文学形式反映那个特殊年代里千变万化的生活。国统区丘东平的《第七连》、《我们在那里打了败仗》记述抗战初期国民党军的腐败无能和下级官员要求抗日的热情，生动逼真，栩栩如生。曹白《这里，生命也在呼吸》、《在敌后穿行》也描绘了人民群众坚决抗日的强烈愿望，以及国民党政府救亡机构的腐败。抗战胜利后，郭沫若的《南京印象》、茅盾的《苏联见闻录》都是较有影响的报告文学著作。在抗日根据地和解放区，丁玲的《陕北风光》、周立波的《晋察冀边区印象记》和《战地日记》、刘白羽的《历史的暴风雨》等都是及时反映时代脉搏的作品。在这个时期，还成长了一批年轻的报告文学作家。黄钢的《开麦拉前的汪精卫》、《我看见了八路军》，描绘生动，讽刺辛辣，有很强的政治鼓动性。华山的《窑洞阵地战》、《碉堡线上》等，在描写艰苦的战争场景时，又洋溢着诙谐的乐观主义情绪。这些作品都是值得注意的收获，预示着新中国成立后必将迎来一个散文蓬勃发展的美好春天。

历代著名散文总集、选本介绍

〔全上古三代秦汉三国六朝文〕　上古至隋文总集。清严可均校辑。共746卷，作者3496人。有清光绪广雅书局刻本、1958年中华书局影印本等。

〔全唐文〕　唐五代文章总集。清董诰等编。共1000卷，作者3042人，辑入文章18000余篇。有清内府刻本、广州书局本、中华书局1983年缩印本。

〔全辽文〕　辽代诗文总集。今人陈述辑校，14卷。中华书局1982年出版。

〔文选〕　中国现存最早诗文总集。南朝梁昭明太子萧统编选，故又称《昭明文选》。30卷。收录130个作家的辞赋、诗歌、杂文共700余篇作品。大致包罗了先秦至梁初叶的重要诗文，反映了各种文体的发展轮廓，具有很高的文学资料价值。隋代以后还出现了研究《文选》的专门学问——《文选》学。有《四部丛刊》景宋刻六臣注本，中华书局影印宋尤袤刻李善注本等。

〔古文辞类纂〕　历代古文总集。清姚鼐编选。75卷。收录先秦至清代散文约700篇。此书旨在宣扬桐城派的理论，说明桐城派的“文统”，体现了桐城派古文崇尚义法，辨析文体的特色。有清嘉庆二十五年（1820）刻本等。

〔古文观止〕 历代散文选集。清吴楚材、吴调侯编选。12卷。选录历代散文，上起先秦，下迄明末，共220篇。虽数量不多，但基本上是名篇佳作，选择精当，取舍合理。编选者的简要评注尤其精辟，对初学者了解古代散文的发展概貌，提高鉴赏能力，很有启发性。此书流传甚广，几可与《昭明文选》相媲美，有多种今注、今译本。

〔骈体文钞〕 历代骈文选集。清李兆洛编选。31卷，选录先秦至隋骈文（包括少量散文）800余篇。编者针对桐城派宗法唐宋八大家的倾向，指出为文应宗两汉，而欲宗两汉则必须从骈文入手。因此编成此书，以使学者得以沿波讨源，并与姚鼐《古文辞类纂》相抗衡。该书所附评语较为精当，没有八股习气。有《四部备要》本等。

〔六朝文絜〕 六朝骈文选集。清许梿编选。4卷。选录晋、南北朝、隋36位作家的72篇骈文作品。此书篇幅虽不大，但多语言秀美，构思精炼的名作，颇能体现入选名家的特色。编者所作批语，重在艺术上抉幽发微，指点文章的精彩之处，对读者正确鉴赏颇有助益。有清道光刻本、《四部备要》本等。

〔唐宋八大家文钞〕 唐宋散文选集。明茅坤编选。164卷。选录韩愈、柳宗元、欧阳修、苏洵、曾巩、王安石、苏轼、苏辙八家之文。目的在于为初学古文者提供精良的选本。此书对后世影响极大，“唐宋八大家”之称即由此书而起。有《四库全书》本、坊刻本等。

〔唐宋文醇〕 唐宋散文选集。清爱新觉罗·弘历（清高宗）编选。58卷。入选作家除唐宋八大家外，增添唐代的李翱、孙樵。此书选录篇目较为精当，并迻录唐至清代的部分评跋，再加上皇帝的御笔，因而成为清代流传最广、影响最大的唐宋散文选本。有《四库全书》本、坊刻本等。

〔唐宋文举要〕　唐宋骈散文选集。近人高步瀛编选。甲编 8 卷，选录唐宋 40 位作家的散文 178 篇。乙编 4 卷，收唐宋 49 位作家的骈文 70 篇。此书选篇精当，各类文体和各种风格的优秀作品大体包罗在内。编者所作注释，详博谨严，超过了宋明以来的某些旧注，具有较高的参考价值。有 1963 年中华书局排印本、1982 年上海古籍出版社排印本。

〔中国新文学大系・散文一集〕　现代散文总集。周作人编选。上海良友图书印刷公司 1935 年 8 月初版。该书为《中国新文学大系》第六集。选收 1917—1927 年 17 位作家的 71 篇散文。入选作家有徐志摩、刘半农、刘大白、梁遇春、吴稚晖、郁达夫、郭沫若、俞平伯、顾颉刚、江绍原、陈西滢、废名、孙伏园等，体裁包括论文、随笔、游记、杂感、序跋和抒情散文。显示了我国现代散文第一个十年的创作实绩。编者在其《导言》中阐述了“五四”新文学革命和白话散文的关系及其本人的现代散文观，不乏精辟之见，具有一定的参考价值。

〔中国新文学大系・散文二集〕　现代散文总集。郁达夫编选。上海良友图书印刷公司 1935 年 8 月初版。为《中国新文学大系》第七集。选收 1917—1927 年间 16 位作家的各类散文 131 篇。入选作家有鲁迅、周作人、冰心、林语堂、丰子恺、钟敬文、朱自清、王统照、许地山、郑振铎、叶绍钧、茅盾等。编者所作《导言》是中国现代散文理论批评史上的一篇重要文献，界定了

“散文”的内涵和外延，概括了现代散文的主要特点。与周作人选编的《中国新文学大系·散文一集》及《导言》对现代散文最初十年的创作成果和发展历史作了较为全面的总结。